搜神记

[东晋]干宝 著

史官之尤美，
著作之妙选。

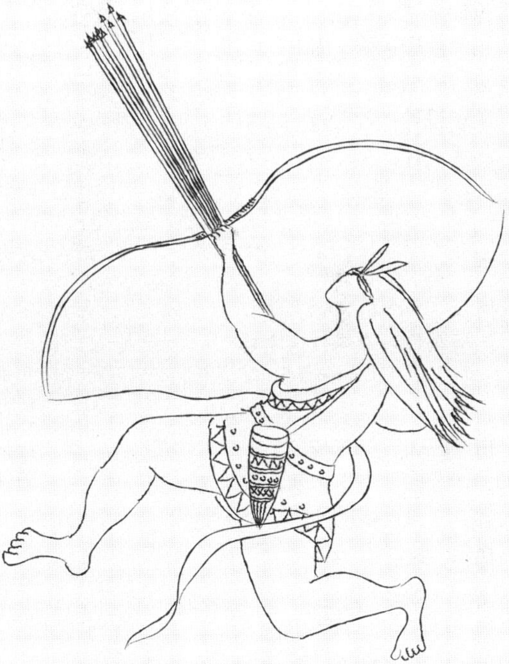

古吴轩出版社

图书在版编目（CIP）数据

搜神记 / (东晋) 干宝著. -- 苏州 ：古吴轩出版社,
2021.6
ISBN 978-7-5546-1772-4

Ⅰ. ①搜… Ⅱ. ①干… Ⅲ. ①笔记小说—中国—东晋
时代 Ⅳ. ①I242.1

中国版本图书馆CIP数据核字（2021）第125301号

责任编辑：俞　都
见习编辑：张　君
策　　划：村　上　苟　敏
装帧设计：侯茗轩
版式设计：崔　旭

书　　名：搜神记
著　　者：[东晋]干宝
出版发行：古吴轩出版社
地址：苏州市八达街118号苏州新闻大厦30F　　邮编：215123
电话：0512-65233679　　传真：0512-65220750
出 版 人：尹剑峰
印　　刷：天宇万达印刷有限公司
开　　本：880×1230　1/32
印　　张：7
字　　数：155千字
版　　次：2021年6月第1版　第1次印刷
书　　号：ISBN 978-7-5546-1772-4
定　　价：42.00元

原序

虽考先志于载籍，收遗逸于当时，盖非一耳一目之所亲闻睹也，又安敢谓无失实者哉。卫朔失国，二传互其所闻，吕望事周，子长存其两说。若此比类，往往有焉。从此观之，闻见之难，由来尚矣。夫书赴告之定辞，据国史之方册，犹尚若此；况仰述千载之前，记殊俗之表，缀片言于残阙，访行事于故老，将使事不二迹，言无异途，然后为信者，固亦前史之所病；然而国家不废注记之官，学士不绝诵览之业，岂不以其所失者小，所存者大乎。今之所集，设有承于前载者，则非余之罪也。若使采访近世之事，苟有虚错，愿与先贤前儒，分其讥谤。及其著述，亦足以发明神道之不诬也。群言百家，不可胜览；耳目所受，不可胜载。亦粗取足以演八略之旨，成其微说而已。幸将来好事之士，录其根体，有以游心，寓目，而无尤焉。

——晋散骑常侍新蔡干宝令升撰

编辑说明

《搜神记》系东晋文学家干宝创作的志怪小说集。全书现存20卷，共有大小故事454个，以辑录鬼怪神仙故事为主，也包括当时的一些琐闻杂记和民间传说，是集我国古代神话传说之大成的著作，也代表了中国志怪小说的极高成就。

本书以中华书局出版的《搜神记》为底本，参考了包括三秦出版社、成都时代出版社在内的多个不同年份出版的读本编辑而成，为最大程度上保留原作精髓，对部分字词及用法依循了旧作。此外，本书增加了生僻字注音及注释等内容，力求在保留原文原貌的基础上，更方便当今读者的阅读。

目录

卷一

神农鞭百草

神农以赭鞭（相传是神农氏用来检验百草性味的赤色鞭子，赭音zhě，红色）鞭百草，尽知其平毒寒温之性，臭味（气味，臭音xiù）所主。以播百谷，故天下号“神农”也。

雨师赤松子

赤松子者，神农时雨师（传说中司雨的神）也。服冰玉散（传说中一种可长生不老的药），以教神农。能入火不烧。至昆仑山，常入西王母石室中。随风雨上下。炎帝少女追之，亦得仙，俱去。至高辛（即帝喾，传说中的古代部族首领，为黄帝曾孙，初受封于辛，后即帝位，号高辛氏）时，复为雨师，游人间。今之雨师本是焉。

赤将子轝

赤将子轝（古同“舆”，轝音yú）者，黄帝时人也。不食五谷，而啖（吃，啖音dàn）百草华（同“花”）。至尧时，为木工。能随风雨上下。时于市门中卖缴（系在箭上用来射鸟以便收回的生丝绳，缴音zhuó），故亦谓之缴父。

宁封子自焚

宁封子，黄帝时人也。世传为黄帝陶正（主掌陶器的职官）。有异人过（拜访）之，为其掌火。能出五色烟。久则以教封子。封子积火自烧，而随烟气上下。视其灰烬，犹有其骨。时人共葬之宁（即宁邑。古地名，在今河南）北山中。故谓之宁封子。

偓佺采药

偓佺（音wò quán，古代传说中的仙人名）者，槐山采药父也。好食松实。形体生毛，长七寸，两目更方（更改方向。即两眼视物时可朝向不同的方向）。能飞行，逐走马。以松子遗尧，尧不暇服。松者，简松也。时受服者，皆三百岁。

彭祖仙室

彭祖者，殷时大夫也。姓钱，名铿。帝颛顼（音zhuān xū，传说中古代部族首领。号高阳氏，相传为黄帝之孙）之孙，陆终氏（颛顼的后裔）之中子。历夏而至商末，号七百岁。常食桂芝。历阳（古地名，在今安徽）有彭祖仙室。前世云："祷请风雨，莫不辄应。"常有两虎在祠左右。今日祠之讫，地则有两虎迹。

师门使火

师门者，啸父（传说中的仙人）弟子也。能使火。食桃葩。为孔甲（夏朝的帝王）龙师。孔甲不能修其心意，杀而埋之外野。一旦，风雨迎之，山木皆燔（焚烧）。孔甲祠而祷之，未还而死。

葛由乘木羊

前周葛由，蜀羌人也。周成王（周武王的儿子）时，好刻木作羊卖之。一旦，乘木羊入蜀中，蜀中王侯贵人追之，上绥山（道教仙山，今属四川省）。绥山多桃，在峨眉山西南，高无极也。随之者不复还，皆得仙道。故里谚曰："得绥山一桃，虽不能仙，亦足以豪。"山下立祠数十处。

崔文子学仙

崔文子者，泰山人也。学仙于王子乔（相传为周灵王太子）。子乔化为白霓，而持药与文子。文子惊怪，引戈击霓，中之，因堕其药。俯而视之，王子乔之履（鞋子）也。置之室中，覆以敝筐。须臾，化为大鸟。开而视之，翻然飞去。

冠先钓鱼

冠先，宋人也。钓鱼为业，居睢水旁百余年。得鱼，或放，或卖，或自食（音sì，喂养）之。常冠带。好种荔，食其葩实焉。宋景公（春秋后期宋国国君）问其道，不告，即杀之。后数十年，踞（坐）宋城门上鼓琴，数十日乃去。宋人家家奉祠之。

琴高取龙子

琴高，赵人也。能鼓琴。为宋康王（战国时期宋国国君）舍人（官名）。行涓、彭之术，浮游冀州、涿郡间二百余年。后辞入涿水中，取龙子。与诸弟子期之，曰："明日皆洁斋，候于水旁，设祠屋。"果乘赤鲤鱼出，来坐祠中。且有万人观之。留一月，乃复入水去。

陶安公通天

陶安公者，六安（郡国名）铸冶师也。数行火。火一朝散上，紫色冲天。公伏冶下求哀。须臾，朱雀止冶上，曰："安公！安公！冶与天通。七月七日，迎汝以赤龙。"至时，安公骑之，从东南去。城邑数万人，豫（预先，事先）祖（祭祀路神）安送之，皆辞诀。

焦山老君

有人入焦山（山名，今属江苏）七年，老君（指太上老君）与之木钻，使穿一盘石，石厚五尺。曰：“此石穿，当得道。”积四十年，石穿，遂得神仙丹诀。

鲁少千应门

鲁少千者，山阳（地名，今属河南）人也。汉文帝（指刘恒，汉高祖刘邦之子）尝微服（古代多指帝王将相、王公贵族为隐藏身份而改换常服）怀金过之，欲问其道。少千拄金杖，执象牙扇，出应门。

淮南八老公

淮南王安好道术，设厨宰以候宾客。正月上辛（农历正月上旬的辛日），有八老公诣门（登门，诣音yì）求见。门吏白王，王使吏自以意难之，曰：“吾王好长生，先生无驻衰之术，未敢以闻。”公知不见，乃更形为八童子，色如桃花。王便见之，盛礼设乐，以享八公。援琴而弦歌曰：“明明上天，照四海兮。知我好道，公来下兮。公将与余，生羽毛兮。升腾青云，蹈梁甫兮。观见三光（指日、月、星），遇北斗兮。驱乘风云，使玉女兮。”今所谓《淮南操》（又称《八公操》）是也。

刘根召鬼

刘根字君安，京兆长安人也。汉成帝（西汉宣帝之孙刘骜，前33—前7年在位）时，入嵩山学道。遇异人，授以秘诀，遂得仙，能召鬼。颍川（郡名，今属河南）太守史祈以为妖，遣人召根，欲戮之。至府，语曰：“君能使人见鬼，可使形见；不者，加戮。”根曰：“甚易！借府君前笔砚书符。”因以叩几。须臾，忽见五六鬼，缚二囚于祈前。祈熟视，乃父母也。向根叩头曰：“小儿无状，分当万死。”叱祈曰：“汝子孙不能光荣先祖，何得罪神仙，乃累亲如此！”祈哀惊悲泣，顿首请罪。根默然忽去，不知所之。

王乔飞舄

汉明帝时（东汉光武帝刘秀之子刘庄，57—75年在位），尚书郎河东王乔为邺（地名，今属河北）令。乔有神术，每月朔（指农历每月初一），尝自县诣台。帝怪其来数而不见车骑，密令太史候望之。言其临至时，辄有双凫从东南飞来。因伏伺，见凫，举罗张之，但得一双舄（音xì，鞋子）。使尚方（古代官署名，主要负责帝王所用器物制造）识视，四年中所赐尚书官属履也。

蓟子训长寿

蓟子训，不知所从来。东汉时，到洛阳，见公卿数十处，皆持斗酒片脯候之，曰："远来无所有，示致微意。"坐上数百人，饮啖终日不尽。去后，皆见白云起，从旦至暮。时有百岁公说："小儿时，见训卖药会稽市（古郡名，会音kuài），颜色如此。"训不乐住洛，遂遁去。正始（魏齐王曹芳的年号，240—249年）中，有人于长安东霸城，见与一老公共摩娑铜人，相谓曰："适见铸此，已近五百岁矣。"见者呼之曰："蓟先生小住。"并行应之。视若迟徐，而走马不及。

汉阴生乞市

汉阴生者，长安渭桥下乞小儿也。常于市中丐（乞讨）。市中厌苦，以粪洒之。旋复在市中乞，衣不见污如故。长吏知之，械收系，着桎梏（音zhì gù，束缚手脚的刑具）。而续在市乞。又械欲杀之，乃去。洒之者家，屋室自坏，杀十数人。长安中谣言曰："见乞儿与美酒，以免破屋之咎。"

常生复生

谷城乡卒常生，不知何所人也。数死而复生，时人为不然。后大水出，所害非一。而卒辄在缺门山（山名，今属河南）上大呼，言："卒常生在此！"云："复雨（此处指停止下雨），水五日必止。"止，则上山求祠之，但见卒衣杖革带。后数十年，复为华阴（县名，今属陕西）市门卒。

左慈显神通

左慈字元放，庐江人也。少有神通。尝在曹公座，公笑顾众宾曰："今日高会，珍羞略备。所少者，吴松江（即吴淞江）鲈鱼为脍（音kuài，细切的鱼肉）。"放云："此易得耳。"因求铜盘贮水，以竹竿饵钓于盘中。须臾，引一鲈鱼出。公大拊掌，会者皆惊。公曰："一鱼不周坐客，得两为佳。"放乃复饵钓之。须臾，引出。皆三尺余，生鲜可爱。公便自前脍之，周赐座席。公曰："今既得鲈，恨无蜀中生姜耳。"放曰："亦可得也。"公恐其近道买，因曰："吾昔使人至蜀买锦，可敕人告吾使，使增市二端（古代计量布帛的长度单位，一端约合二丈）。"人去，须臾还，得生姜。又云："于锦肆下见公使，已敕增市二端。"后经岁余，公使还，果增二端。问之，云："昔某月某日，见人于肆下，以公敕敕之。"后公出近郊，士人从者百数。放乃赍（音jī，持）酒一罂（音yīng，小口大腹的容器），脯一片，手自倾罂，行酒百官，百官莫不醉饱。公怪，使寻其故。行视沽酒家，昨悉亡其酒脯矣。公怒，阴欲杀放。放在公座，将收之，却入壁中，霍然不见。乃募取之。或见于市，欲捕之，而市人皆放同形，莫知谁是。后人遇放于阳城山头，因复逐之，遂走入羊群。公知不可得，乃令就羊中告之，曰："曹公不复相杀，本试君术耳。今既验，但欲与相见。"忽有一老羝（音dī，公羊），屈前两膝，人立而言曰："遽（音jù，惶恐）如许。"人即云："此羊是。"竟往赴之。而群羊数百，皆变为羝，并屈前膝，人立，云："遽如许。"于是遂莫知所取焉。老子曰："吾之所以为大患者，以吾有身也；及吾无身，吾有何患哉。"若老子之俦（音chóu，辈），可谓能无身矣，岂不远哉也。

于吉请雨

孙策欲渡江袭许，与于吉俱行。时大旱，所在熇厉（炎热，熇音xiāo）。策催诸将士，使速引船。或身自早出督切，见将吏多在吉许。策因此激怒，言："我为不如吉耶？而先趋附之。"便使收吉至，呵问之曰："天旱不雨，道路艰涩，不时得过，故自早出。而卿不同忧戚，安坐船中，作鬼物态，败吾部伍。今当相除。"令人缚置地上，暴（音pù，晒）之，使请雨。若能感天，日中雨者，当原赦；不尔，行诛。俄而云气上蒸，肤寸而合（指云气逐渐集合）。比至日中，大雨总至，溪涧盈溢。将士喜悦，以为吉必见原，并往庆慰。策遂杀之。将士哀惜，藏其尸。天夜，忽更兴云覆之。明旦往视，不知所在。策既杀吉，每独坐，仿佛见吉在左右。意深恶之，颇有失常。后治疮方差（音chài，病愈），而引镜自照，见吉在镜中，顾而弗见。如是再三。扑镜大叫，疮皆崩裂，须臾而死。吉，琅邪人，道士。

介琰隐形

介琰者，不知何许人也。住建安（古郡名，今属福建）方山（山名），从其师白羊公杜（未知其名，因其常乘白羊，被称为白羊公）受玄一无为之道（道家法术）。能变化隐形。尝往来东海（古郡名），暂过秣陵（古县名，今属江苏），与吴主相闻。吴主留琰，乃为琰架宫庙。一日之中，数遣人往问起居。琰或为童子，或为老翁，无所食啖，不受饷遗。吴主欲学其术，琰以吴主多内御，积月不教。吴主怒，敕缚琰，着甲士引弩射之。弩发，而绳缚犹存，不知琰之所之。

徐光种瓜

吴时有徐光者，尝行术于市里。从人乞瓜，其主勿与，便从索瓣，杖地种之。俄而瓜生蔓延，生花成实，乃取食之，因赐观者。鬻（音yù，卖）者反视所出卖，皆亡耗矣。凡言水旱甚验。过大将军孙綝（字子通，东吴贵戚。把持朝政，后被景帝诛杀）门，褰（音qiān，用手提起）衣而趋，左右唾践。或问其故，答曰："流血臭腥不可耐。"綝闻恶而杀之。斩其首，无血。及綝废幼帝（孙权少子孙亮，在位七年，被孙綝废黜为会稽王，后自杀），更立景帝（孙权第六子孙休，在位六年），将拜陵，上车，有大风荡綝车，车为之倾。见光在松树上拊手指挥，嗤笑之。綝问侍从，皆无见者。俄而景帝诛綝。

葛玄使法术

葛玄字孝先，从左元放受《九丹液仙经》（相传是道家炼金丹的秘籍）。与客对食，言及变化之事。客曰：“事毕，先生作一事特戏者。”玄曰：“君得无即欲有所见乎？”乃嗽口中饭，尽变大蜂数百，皆集客身，亦不螫（音shì，蜂、蝎等刺人）人。久之，玄乃张口，蜂皆飞入，玄嚼食之，是故饭也。又指虾蟆及诸行虫燕雀之属，使舞，应节如人。冬为客设生瓜枣，夏致冰雪。又以数十钱使人散投井中，玄以一器于井上呼之，钱一一飞从井出。为客设酒，无人传杯，杯自至前；如或不尽，杯不去也。尝与吴主坐楼上，见作请雨土人。帝曰：“百姓思雨，宁可得乎？”玄曰：“雨易得耳！”乃书符着社中，顷刻间，天地晦冥，大雨流淹。帝曰：“水中有鱼乎？”玄复书符掷水中，须臾，有大鱼数百头。使人治之。

吴猛止风

吴猛，濮阳（郡国名，今属河南）人。仕吴，为西安（古县名，今属江西）令，因家分宁（古地名，今属江西）。性至孝。遇至人丁义，授以神方；又得秘法神符，道术大行。尝见大风，书符掷屋上，有青乌衔去，风即止。或问其故，曰：“南湖有舟，遇此风，道士求救。”验之果然。武宁令干庆，死已三日，猛曰：“数未尽，当诉之于天。”遂卧尸旁。数日，与令俱起。后将弟子回豫章（古郡名，今属江西），江水大急，人不得渡。猛乃以手中白羽扇画江水，横流，遂成陆路，徐行而过。过讫，水复。观者骇异。尝守浔阳（古县名，今属江西），参军（官职名）周家有狂风暴起，猛即书符掷屋上，须臾风静。

园客养蚕

园客者，济阴（古郡名，今属山东）人也。貌美，邑人多欲妻之，客终不娶。尝种五色香草，积数十年，服食其实。忽有五色神蛾，止香草之上，客收而荐（铺陈）之以布，生桑蚕焉。至蚕时，有神女夜至，助客养蚕，亦以香草食蚕。得茧百二十头，大如瓮，每一茧缫（音sāo，抽茧出丝）六七日乃尽。缫讫，女与客俱仙去，莫知所如。

董永与织女

汉董永，千乘（古地名，今属山东）人。少偏孤（指早年丧母），与父居。肆力田亩，鹿车（古代的一种小车，因车身狭小仅可容一鹿，故名鹿车）载自随。父亡，无以葬，乃自卖为奴，以供丧事。主人知其贤，与钱一万，遣之。永行三年丧毕，欲还主人，供其奴职。道逢一妇人曰："愿为子妻。"遂与之俱。主人谓永曰："以钱与君矣。"永曰："蒙君之惠，父丧收藏。永虽小人，必欲服勤致力，以报厚德。"主曰："妇人何能？"永曰："能织。"

主曰："必尔者，但令君妇为我织缣（音jiān，双丝织的浅黄色细绢）百匹。"于是永妻为主人家织，十日而毕。女出门，谓永曰："我，天之织女也。缘君至孝，天帝令我助君偿债耳。"语毕，凌空而去，不知所在。

钩弋夫人

初，钩弋夫人（汉武帝的婕妤赵氏，汉昭帝刘弗陵之母）有罪，以谴死。既殡，尸不臭，而香闻十余里。因葬云陵（钩弋夫人陵，今属陕西）。上哀悼之，又疑其非常人，乃发冢开视，棺空无尸，惟双履存。一云，昭帝即位，改葬之，棺空无尸，独丝履存焉。

杜兰香与张传

汉时有杜兰香者，自称南康人氏。以建兴四年春，数诣张传。传年十七，望见其车在门外，婢通言："阿母所生，遣授配君，可不敬从？"传，先改名硕，硕呼女前，视，可十六七，说事邈然久远。有婢子二人：大者萱支，小者松支。钿车（用金玉宝石嵌饰的车子，钿音diàn）青牛，上饮食皆备。作诗曰："阿母处灵岳，时游云霄际。众女侍羽仪，不出墉宫（墉城，相传为西王母的居处）外。飘轮送我来，岂复耻尘秽。从我与福俱，嫌我与祸会。"至其年八月旦，复来，作诗曰："逍遥云汉间，呼吸发九（山名，今属湖南。嶷音yí）。流汝不稽路，弱水何不之。”出薯蓣（山药，蓣音yù）子三枚，大如鸡子，云：“食此，令君不畏风波，辟寒温。”硕食二枚，欲留一，不肯，令硕食尽。言：“本为君作妻，情无旷远。以年命未合，其小乖。太岁东方卯，当还求君。”兰香降时，硕问：“祷祀何如？”香曰：“消魔自可愈疾，淫祀无益。”香以药为消魔。

弦超与神女

魏济北郡从事掾弦超，字义起。以嘉平（魏齐王曹芳的年号）中夜独宿，梦有神女来从之。自称天上玉女，东郡人，姓成公，字知琼，早失父母，天帝哀其孤苦，遣令下嫁从夫。超当其梦也，精爽感悟，嘉其美异，非常人之容。觉寤钦想，若存若亡。如此三四夕。一旦，显然来游，驾辎軿（辎车和軿车的并称。后泛指有帷盖的车子。軿音píng）车，从八婢，服绫罗绮绣之衣，姿颜容体，状若飞仙。自言年七十，视之如十五六女。车上有壶、榼（音kē，古代盛酒或盛水的容器）、青白琉璃五具，食啖奇异。馔具醴酒，与超共饮食。谓超曰：“我，天上玉女，见遣下嫁，故来从君。不谓君德，宿时感运，宜为夫妇。不能有益，亦不能为损。然往来常可得驾轻车，乘肥马；饮食常可得远味异膳，缯素常可得充用不乏。然我神人，不为君生子，亦无妒忌之性，不害君婚姻之义。”遂为夫妇。赠诗一篇，其文曰：“飘飖（随风飘动，飖音yáo）浮勃逢（指渤海的蓬莱仙境。勃，通“渤”。逢，通“蓬”），敖曹（声音嘈杂的样子）云石滋。芝英不须润，至德与时期。神仙岂虚感，应运来相之。纳我荣五族，逆我致祸菑（音zāi，同“灾”）。”此其诗之大较，其文二百余言，不能尽录。兼注《易》七卷，有卦有象，以彖为属。故其文言既有义理，又可以占吉凶，犹扬子（指扬雄）之《太玄》、薛氏之《中经》也。超皆能通其旨意，用之占候。

作夫妇经七八年，父母为超娶妇之后，分日而燕，分夕而寝，夜来晨去，倏忽若飞，唯超见之，他人不见。虽居暗室，辄闻人声，常见踪迹，然不睹其形。后人怪问，漏泄其事。玉女遂求去，云：“我，神人也。虽与君交，不愿人知。而君性疏漏，我今本末已露，不复与君通接。积年交结，恩义不轻，一旦分别，岂不怆恨？势不得不尔，各自努力！”又呼侍御下酒饮啖。发簏（音lù，竹编的容器），取织成裙衫两副遗超。又赠诗一首，把臂告辞，涕泣流离，肃然升车，去若飞迅。超忧感积日，殆至委顿。

去后五年，超奉郡使至洛，到济北鱼山下陌上。西行，遥望曲道头有一马车，似知琼。驱驰至前，果是也。遂披帷相见，悲喜交切。控左（左骖，一车三马，左边的边马叫左骖）援绥（登车时手拉的绳子），同乘至洛。遂为室家，克复旧好。至太康中，犹在。但不日日往来，每于三月三日、五月五日、七月七日、九月九日、旦、十五日辄下，往来经宿而去。张茂先（即张华，字茂先，晋代文学家，著有《博物志》）为之作《神女赋》。

卷二

寿光侯劾鬼

寿光侯者，汉章帝（东汉明帝之子刘炟，75—88年在位）时人也。能劾百鬼众魅，令自缚见形。其乡人有妇为魅所病，侯为劾之，得大蛇数丈，死于门外，妇因以安。又有大树，树有精，人止其下者死，鸟过之亦坠。侯劾之，树盛夏枯落，有大蛇，长七八丈，悬死树间。章帝闻之，征问，对曰："有之。"帝曰："殿下有怪，夜半后，常有数人，绛衣，披发，持火相随。岂能劾之？"侯曰："此小怪，易消耳。"帝伪使三人为之。侯乃设法，三人登时仆地，无气。帝惊曰："非魅也，朕相试耳。"即使解之。或云：汉武帝时，殿下有怪，常见朱衣披发，相随持烛而走。帝谓刘凭曰："卿可除此否？"凭曰："可。"乃以青符掷之，见数鬼倾地。帝惊曰："以相试耳。"解之而苏。

樊英灭火

樊英（东汉南阳鲁阳人，熟读五经，善推灾异）隐于壶山。尝有暴风从西南起，英谓学者曰："成都市火甚盛。"因含水嗽之，乃命计其时日。后有从蜀来者，云："是日大火，有云从东起，须臾大雨，火遂灭。"

徐登与赵昞

闽中有徐登者，女子化为丈夫。与东阳赵昞（音bǐng，人名），并善方术。时遭兵乱，相遇于溪，各矜其所能。登先禁（施禁咒术）溪水为不流，昞次禁杨柳为生稊（音tí，植物的嫩芽。此处特指杨柳的新生枝叶）。二人相视而笑。登年长，昞师事之。后登身故，昞东入章安（古县名，今属浙江），百姓未知。昞乃升茅屋，据鼎而爨（音cuàn，烧火煮饭）。主人惊怪，昞笑而不应，屋亦不损。

赵昞临水求渡

赵昞尝临水求渡，船人不许。昞乃张帷盖，坐其中，长啸呼风，乱流（横渡江河）而济。于是百姓敬服，从者如归。章安令恶其惑众，收杀之。民为立祠于永康（古地名，今属浙江），至今蚊蚋（音ruì，蚊类小虫）不能入。

徐赵清俭

徐登、赵昞，贵尚清俭，祀神以东流水，削桑皮以为脯。

东海君遗襦

陈节访诸神，东海君（东海神）以织成青襦（音rú，短衣，短袄）一领（量词）遗之。

边洪发狂

宣城边洪，为广阳领校（郡的军事长官），母丧归家。韩友（字景先，晋庐江舒人。曾任广武将军）往投之。时日已暮，出告从者："速装束，吾当夜去。"从者曰："今日已暝（音míng，日暮，夜晚），数十里草行，何急复去？"友曰："此间血覆地，宁可复住。"苦留之，不得。其夜，洪欻（音xū，忽然）发狂，绞杀两子，并杀妇，又斫（音zhuó，用刀斧等砍或削）父婢二人，皆被创。因走亡。数日，乃于宅前林中得之，已自经（系缢，悬吊）死。

鞠道龙说黄公事

鞠道龙善为幻术。尝云："东海人黄公，善为幻，制蛇，御虎。常佩赤金刀。及衰老，饮酒过度。秦末，有白虎见于东海，诏遣黄公以赤刀往厌（用迷信的方法镇服或驱避可能出现的灾祸，或致灾祸于人）之。术既不行，遂为虎所杀。"

谢纠食客

谢纠（音jiū）尝食客，以朱书符投井中，有一双鲤鱼跳出。即命作脍，一坐皆得遍。

天竺胡人法术

晋永嘉中，有天竺（古代对印度及其他南亚国家的统称）胡人来渡江南（长江以南地区）。其人有数术：能断舌复续、吐火。所在人士聚观。将断时，先以舌吐示宾客，然后刀截，血流覆地，乃取置器中，传以示人。视之，舌头半舌犹在。既而还取含续之。坐有顷，坐人见舌则如故，不知其实断否。其续断，取绢布，与人合执一头，对剪中断之。已而取两断合，视绢布还连续，无异故体。时人多疑以为幻，阴乃试之，真断绢也。其吐火，先有药在器中，取火一片，与黍饴（用黍米制成的糖）合之，再三吹呼，已而张口，火满口中，因就爇（音ruò，点燃；焚烧）取以炊，则火也。又取书纸及绳缕之属投火中，众共视之，见其烧爇了尽；乃拨灰中，举而出之，故向物也。

范寻养虎

扶南（中南半岛古国）王范寻养虎于山，有犯罪者，投与虎，不噬（音shì，咬），乃宥（音yòu，宽恕，赦免）之。故山名大虫，亦名大灵。又养鳄鱼十头，若犯罪者，投与鳄鱼，不噬，乃赦之，无罪者皆不噬。故有鳄鱼池。又尝煮水令沸，以金指环投汤中，然后以手探汤：其直者，手不烂，有罪者，入汤即焦。

贾佩兰说宫内事

戚夫人（汉高祖刘邦的宠妃。汉高祖死后，她被吕后挖去眼睛，砍断手足，投入猪圈，被称为“人彘”）侍儿贾佩兰，后出为扶风（古县名，今属陕西）人段儒妻。说：“在宫内时，尝以弦管歌舞相欢娱，竞为妖服以趋良时。十月十五日，共入灵女庙，以豚黍乐神，吹笛击筑（古代的弦乐器），歌《上灵之曲》。既而相与连臂，踏地为节，歌《赤凤皇来》，乃巫俗也。至七月七日，临百子池，作于阗（古西域国名，今属新疆）乐。乐毕，以五色缕相羁，谓之‘相连绶’。八月四日，出雕房（闺房）北户，竹下围棋。胜者，终年有福；负者，终年疾病。取丝缕，就北辰星求长命，乃免。九月，佩茱萸，食蓬饵（一种在重阳节时吃的用米粉做成的糕），饮菊花酒，令人长命。菊花舒时，并采茎叶，杂黍米馕之，至来年九月九日始熟，就饮焉，故谓之‘菊花酒’。正月上辰，出池边盥濯（音guàn zhuó，洗涤），食蓬饵，以祓（音fú，古代为除灾去邪而举行的祭礼）妖邪。三月上巳，张乐于流水。如此终岁焉。”

李少翁致神

汉武帝时，幸李夫人。夫人卒后，帝思念不已。方士齐人李少翁，言能致其神。乃夜施帷帐，明灯烛，而令帝居他帐遥望之。见美女居帐中，如李夫人之状，还幄坐而步，又不得就视。帝愈益悲感，为作诗曰：“是耶？非耶？立而望之，偏娜娜（偏通“翩”，飘扬。娜娜：纤长柔美的样子），何冉冉其来迟！”令乐府诸音家弦歌（依琴瑟而咏歌）之。

营陵道人令见死人

汉北海营陵（古地名，今属山东）有道人，能令人与已死人相见。其同郡人妇死已数年，闻而往见之，曰：“愿令我一见亡妇，死不恨矣。”道人曰：“卿可往见之。若闻鼓声，即出勿留。”乃语其相见之术。俄而得见之。于是与妇言语，悲喜恩情如生。良久，闻鼓声悢悢（音liàng，象声词），不能得住。当出户时，忽掩其衣裾户间，掣（音chè，牵曳，牵拉）绝而去。至后岁余，此人身亡。家葬之，开冢，见妇棺盖下有衣裾。

白头鹅试觋

吴孙休（吴景帝孙休，十八岁时受封为琅琊王）有疾，求觋（音xí，为人祷祝鬼神的男巫，后亦泛指巫师）视者，得一人，欲试之。乃杀鹅而埋于苑中，架小屋，施床几，以妇人屐履服物着其上。使觋视之，告曰：“若能说此冢中鬼妇人形状者，当加厚赏，而即信矣。”竟日无言。帝推问之急，乃曰：“实不见有鬼，但见一白头鹅立墓上。所以不即白之，疑是鬼神变化作此相，当候其真形而定。不复移易，不知何故，敢以实上。”

石子冈朱主墓

吴孙峻（三国时吴国大将军，封为富春侯）杀朱主（孙权的女儿），埋于石子冈（古地名，今属江苏）。归命（吴末帝孙皓，后降晋称臣，封为归命侯）即位，将欲改葬之。冢墓相亚（并排），不可识别，而宫人颇识主亡时所着衣服。乃使两巫各住一处，以伺其灵。使察战（三国时吴国设置的负责监视吏民的职官）监之，不得相近。久时，二人俱白见一女人，年可三十余，上着青锦束头，紫白袷（音jiá，夹衣）裳，丹绨（音tí，厚实平滑而有光泽的丝织物）丝履，从石子冈上，半冈而以手抑膝长太息，小住须臾，更进一冢上，便止，徘徊良久，奄然不见。二人之言，不谋而合。于是开冢，衣服如之。

夏侯弘见鬼

夏侯弘自云见鬼，与其言语。镇西谢尚（字仁祖，河南太康人。先后任尚书仆射、豫州刺史、镇西将军等职）所乘马忽死，忧恼甚至。谢曰："卿若能令此马生者，卿真为见鬼也。"弘去良久，还曰："庙神乐君马，故取之。今当活。"尚对死马坐。须臾，马忽自门外走还，至马尸间，便灭，应时能动，起行。谢曰："我无嗣，是我一身之罚。"弘经时无所告。曰："顷所见，小鬼耳，必不能辨此源由。"后忽逢一鬼，乘新车，从十许人，着青丝布袍。弘前提牛鼻，车中人谓弘曰："何以见阻？"弘曰："欲有所问。镇西将军谢尚无儿。此君风流令望，不可使之绝祀。”车中人动容曰：“君所道正是仆儿。年少时，与家中婢通，誓约不再婚，而违约。今此婢死，在天诉之，是故无儿。”弘具以告。谢曰：“吾少时诚有此事。”弘于江陵，见一大鬼，提矛戟，有随从小鬼数人。弘畏惧，下路避之。大鬼过后，捉得一小鬼，问：“此何物？”曰：“杀人以此矛戟，若中心腹者，无不辄死。”弘曰：“治此病有方否？”鬼曰：“以乌鸡薄（通“敷”，涂抹）之，即差（音chài，病愈）。”弘曰：“今欲何行？”鬼曰：“当至荆、扬二州。”尔时比日行心腹病，无有不死者。弘乃教人杀乌鸡以薄之，十不失八九。今治中恶（中医病名，俗称中邪）辄用乌鸡薄之者，弘之由也。

卷三

钟离意修孔庙

汉永平中，会稽钟离意，字子阿，为鲁相。到官，出私钱万三千文，付户曹（掌管民户、祠祀、农桑等的官署）孔䜣，修夫子（对孔子的尊称）车。身入庙，拭几席剑履。男子张伯除堂下草，土中得玉璧七枚。伯怀其一，以六枚白意。意令主簿安置几前。孔子教授堂下床首有悬瓮，意召孔䜣问："此何瓮也？"对曰："夫子瓮也。背有丹书（朱笔书写的文字），人莫敢发也。"意曰："夫子，圣人。所以遗瓮，欲以悬示后贤。"因发之，中得素书，文曰："后世修吾书，董仲舒；护吾车，拭吾履，发吾笥（音sì，盛衣物或饭食等的方形竹器。这里即指悬瓮），会稽钟离意。璧有七，张伯藏其一。"意即召问："璧有七，何藏一耶？"伯叩头出之。

段翳封简书

段翳字元章，广汉新都人也。习《易经》，明风角（古代占卜之法）。有一生来学，积年，自谓略究要术，辞归乡里。翳为合膏药，并以简书（一般文牍）封于筒中，告生曰："有急，发视之。"生到葭萌，与吏争度津。吏挝（音zhuā，敲打）破从者头。生开筒得书，言："到葭萌，与吏斗，头破者，以此膏裹之。"生用其言，创者即愈。

臧仲英遇怪

右扶风臧仲英，为侍御史。家人作食，设案，有不清尘土投污之。炊临熟，不知釜处。兵弩自行。火从篋簏（音qiè lù，竹箱）中起，衣物尽烧，而篋簏故完。妇女婢使，一旦尽失其镜；数日，从堂下掷庭中，有人声言："还汝镜。"女孙年三四岁，亡之，求，不知处。两三日，乃于圊（厕所）中粪下啼。若此非一。汝南许季山者，素善卜卦，卜之，曰："家当有老青狗物，内中侍御者名益喜，与共为之。诚欲绝，杀此狗，遣益喜归乡里。"仲英从之，怪遂绝。后徙为太尉长史，迁鲁相。

乔玄见白光

太尉乔玄，字公祖，梁国人也。初为司徒长史，五月末，于中门卧。夜半后，见东壁正白，如开门明。呼问左右，左右莫见。因起自往手扪摸之，壁自如故。还床，复见。心大怖恐。其友应劭（东汉学者，曾任泰山太守，著有《风俗通》），适往候之，语次相告。劭曰："乡人有董彦兴者，即许季山外孙也。其探赜（音zé，幽深奥妙）索隐，穷神知化，虽眭孟（字弘，西汉人，精通《公羊春秋》，可预知后事，眭音suī）、京房（字君明，西汉人，习《易》，善说灾变，创京氏易学，著作有《周易传》《周易章句》《周易错卦》《周易妖占》《周易占事》《周易守林》等，今唯《周易传》存，其余各书均佚），无以过也。然天性褊狭，羞于卜筮者。”间来候师王叔茂（名畅，王粲的祖父），请往迎之。须臾，便与俱来。公祖虚礼盛馔，下席行觞。彦兴自陈：“下土诸生，无他异分。币重言甘，诚有踧踖（音cù jí，恭敬而局促不安的样子）。颇能别者，愿得从事。”公祖辞让再三，尔乃听之，曰：“府君当有怪，白光如门明者，然不为害也。六月上旬，鸡明时，闻南家哭，即吉。到秋节，迁北行，郡以金为名。位至将军三公。”公祖曰：“怪异如此，救族不暇，何能致望于所不图？此相饶耳。”至六月九日未明，太尉杨秉暴薨。七月七日，拜钜鹿太守。“钜”边有“金”。后为度辽将军，历登三事。

管辂论怪

管辂字公明，平原人也。善《易》卜。安平太守东莱王基，字伯舆，家数有怪，使辂筮之。卦成，辂曰：“君之卦，当有贱妇人，生一男，堕地便走，入灶中死。又，床上当有一大蛇，衔笔，大小共视，须臾便去。又，乌来入室中，与燕共斗，燕死，乌去。有此三卦。”基大惊曰：“精义之致，乃至于此，幸为占其吉凶。”辂曰：“非有他祸，直官舍久远，魑魅罔两，共为怪耳。儿生便走，非能自走，直宋无忌（传说中火精名叫宋无忌）之妖将其入灶也。大蛇衔笔者，直老书佐耳。乌与燕斗者，直老铃下（指侍卫、门卒或仆役）耳。夫神明之正，非妖能害也。万物之变，非道所止也。久远之浮精，必能之定数也。今卦中见象，而不见其凶，故知假托之数，非妖咎之征，自无所忧也。昔高宗之鼎，非雉所雊

（野鸡鸣叫）；太戊之阶，非桑所生。然而野鸟一雊，武丁为高宗；桑穀（音gǔ，落叶乔木，又称“构”或“楮”）暂生，太戊以兴。焉知三事不为吉祥？愿府君安身养德，从容光大，勿以神奸污累天真。”后卒无他。迁安南将军。

后辂乡里刘原问辂：“君往者为王府君论怪云：‘老书佐为蛇，老铃下为乌。’此本皆人，何化之微贱乎？为见于爻象，出君意乎？”辂言：“苟非性与天道，何由背爻象而任心胸者乎？夫万物之化，无有常形；人之变异，无有定体。或大为小，或小为大，固无优劣。万物之化，一例之道也。是以夏鲧，天子之父，赵王如意（汉高祖刘邦之子，戚夫人所生，封为赵王，几次险被刘邦立为太子），汉高之子。而鲧为黄能（传说中的一种兽），意为苍狗，斯亦至尊之位，而为黔喙（音huì，黑嘴，借指牲畜野兽之类）之类也。况蛇者协辰巳之位（指东南方），乌者栖太阳之精，此乃腾黑之明象，白日之流景（闪耀的光彩）。如书佐、铃下，各以微躯，化为蛇乌，不亦过乎？”

管辂助颜超增寿

管辂至平原，见颜超貌主（预示，预兆）夭亡。颜父乃求辂延命。辂曰：“子归，觅清酒一榼（音kē，古代盛酒或贮水的器具），鹿脯一斤，卯日，刈（音yì，指割下来的庄稼）麦地南大桑树下，有二人围棋次。但酌酒置脯，饮尽更斟，以尽为度。若问汝，汝但拜之，勿言。必合有人救汝。”颜依言而往，果见二人围棋。颜置脯，斟酒于前。其人贪戏，但饮酒食脯，不顾。数巡，北边坐者忽见颜在，叱曰："何故在此？"颜唯拜之。南边坐者语曰："适来饮他酒脯，宁无情乎？"北坐者曰："文书已定。"南坐者曰："借文书看之。"见超寿止可十九岁，乃取笔挑上，语曰："救汝至九十年活。"颜拜而回。管语颜曰："大助子，且喜得增寿。北边坐人是北斗，南边坐人是南斗。南斗注生，北斗注死。凡人受胎，皆从南斗过北斗；所有祈求，皆向北斗。"

管辂筮信都令家

信都令家妇女惊恐，更互疾病，使辂筮之。辂曰："君北堂西头有两死男子：一男持矛，一男持弓箭；头在壁内，脚在壁外。持矛者主刺头，故头重痛不得举也；持弓箭者主射胸腹，故心中悬痛不得饮食也。昼则浮游，夜来病人，故使惊恐也。"于是掘其室中，入地八尺，果得二棺。一棺中有矛，一棺中有角弓（以兽角为饰的硬弓）及箭，箭久远，木皆消烂，但有铁及角完耳。乃徙骸骨去城二十里埋之，无复疾病。

管辂筮躄疾

利漕民郭恩，字义博。兄弟三人，皆得躄（音bì，同"躃"，瘸腿）疾。使辂筮（音shì，占卦）其所由。辂曰："卦中有君本墓，墓中有女鬼，非君伯母，当叔母也。昔饥荒之世，当有利其数升米者，排着井中，啧啧有声，推一大石下，破其头。孤魂冤痛，自诉于天耳。”

淳于智杀鼠

淳于智字叔平，济北卢人也。性深沉，有思义（想着道义）。少为书生，能《易》筮，善厌胜之术（古代的一种巫术，指能以诅咒制胜）。高平刘柔，夜卧，鼠啮其左手中指，意甚恶之。以问智，智为筮之，曰：“鼠本欲杀君而不能，当为使其反死。”乃以朱书手腕横文后三寸，为田字，可方一寸二分，使夜露手以卧。有大鼠伏死于前。

淳于智卜居宅

上党鲍瑗，家多丧病，贫苦。淳于智卜之，曰：“君居宅不利，故令君困尔。君舍东北有大桑树。君径至市，入门数十步，当有一人卖新鞭者，便就买还，以悬此树。三年，当暴得财。”瑗承言诣（音yì，前往，到）市，果得马鞭。悬之三年，浚（音jùn，深挖疏通水道）井，得钱数十万，铜铁器复二万余。于是业用既展，病者亦无恙。

淳于智卜祸

谯人夏侯藻，母病困，将诣智卜，忽有一狐当门向之嗥（音háo，吼叫）叫。藻大愕惧，遂驰诣智。智曰："其祸甚急。君速归，在狐嗥处，拊心（拊音fǔ，拍胸。形容哀痛和悲伤）啼哭，令家人惊怪，大小毕出。一人不出，啼哭勿休。然其祸仅可免也。"藻还，如其言，母亦扶病而出。家人既集，堂屋五间拉然（形容房屋倒塌的样子）而崩。

淳于智筮病

护军张劭母病笃。智筮之，使西出市沐猴（猕猴），系母臂，令傍人捶（音chuí，敲击）拍，恒使作声，三日放去。劭从之。其猴出门，即为犬所咋（音zé，啮，啃咬）死，母病遂差（音chài，病除）。

郭璞撒豆成兵

郭璞（山西闻喜人，西晋建平太守郭瑗之子。精通天文数术，同时又是东晋文学家、训诂学家，所注《尔雅》《山海经》等流传至今。在晋元帝时任著作佐郎，迁尚书郎，后被王敦杀害。《晋书》有传）字景纯，行至庐江，劝太守胡孟康急回南渡。康不从。璞将促装（指急忙整理行装）去之，爱其婢，无由得，乃取小豆三斗，绕主人宅散之。主人晨起，见赤衣人数千围其家，就视则灭。甚恶之，请璞为卦。璞曰：“君家不宜畜此婢，可于东南二十里卖之，慎勿争价，则此妖可除也。”璞阴令人贱买此婢，复为投符于井中，数千赤衣人一一自投于井。主人大悦。璞携婢去。后数旬而庐江陷。

郭璞救死马

赵固（十六国时期汉国开国君主刘渊的将军）所乘马忽死，甚悲惜之，以问郭璞。璞曰：“可遣数十人持竹竿，东行三十里，有山林陵树，便搅打之。当有一物出，急宜持归。”于是如言，果得一物，似猿。持归，入门，见死马，跳梁（跳跃）走往死马头，嘘（吐气）吸其鼻。顷之，马即能起，奋迅嘶鸣，饮食如常，亦不复见向物。固奇之，厚加资给。

郭璞筮病

扬州别驾顾球姊，生十年便病。至年五十余，令郭璞筮，得“大过”之“升”（卦名）。其辞曰：“‘大过’卦者义不嘉，冢墓枯杨无英华。振动游魂见龙车，身被重累婴（遭遇）妖邪。法由斩祀杀灵蛇，非己之咎（罪过）先人瑕。案卦论之可奈何。”球乃迹访其家事，先世曾伐大树，得大蛇，杀之，女便病。病后，有群鸟数千，回翔屋上。人皆怪之，不知何故。有县农行过舍边，仰视，见龙牵车，五色晃烂，其大非常，有顷遂灭。

郭璞致白牛

义兴方叔保得伤寒，垂死，令璞占之，不吉，令求白牛厌之。求之不得，唯羊子玄有一白牛，不肯借。璞为致之，即日有大白牛从西来，径往。临，叔保惊惶，病即愈。

隗炤书板

隗炤，汝阴鸿寿亭民也，善《易》。临终书板，授其妻曰："吾亡后，当大荒。虽尔，而慎莫卖宅也。到后五年春，当有诏使来顿（停留）此亭，姓龚。此人负（拖欠）吾金，即以此板往责之。勿负言也。"亡后，果大困，欲卖宅者数矣，忆夫言，辄止。至期，有龚使者，果止亭中，妻遂赍板责之。使者执板，不知所言，曰："我平生不负钱，此何缘尔邪？"妻曰："夫临亡，手书板见命如此，不敢妄也。"使者沉吟良久而悟，乃命取蓍筮之。卦成，抵掌叹曰："妙哉隗生！含明隐迹而莫之闻，可谓镜穷达而洞吉凶者也。"于是告其妻曰："吾不负金，贤夫自有金。乃知亡后当暂穷，故藏金以待太平。所以不告儿妇者，恐金尽而困无已也。知吾善《易》，故书板以寄意耳。金五百斤，盛以青罂（音yīng，古代盛酒或水的瓦器），覆以铜柈（音pán，盘子），埋在堂屋东头，去壁一丈，入地九尺。"妻还掘之，果得金，皆如所卜。

韩友驱魅

韩友字景先，庐江舒人也。善占卜，亦行京房厌胜之术。刘世则女病魅（因妖魅作祟而生病）积年，巫为攻祷（举行某种祷祝仪式以驱邪除怪），伐空冢故城间，得狸鼍（音tuó，扬子鳄）数十，病犹不差。友筮之，命作布囊，俟女发时，张囊着窗牖（音yǒu，窗户）间。友闭户作气，若有所驱。须臾间，见囊大胀，如吹，因决败之。女仍大发。友乃更作皮囊二枚沓（重叠）张之，施张如前，囊复胀满。因急缚囊口，悬着树。二十许日，渐消。开视，有二斤狐毛。女病遂差。

严卿禳灾

会稽严卿善卜筮。乡人魏序欲东行，荒年多抄盗，令卿筮之。卿曰："君慎不可东行，必遭暴害，而非劫也。"序不信。卿曰："既必不停，宜有以禳之。可索西郭外独母家白雄狗，系着船前。"求索，止得驳狗，无白者。卿曰："驳者亦足，然犹恨其色不纯，当余小毒，止及六畜辈耳，无所复忧。"序行半路，狗忽然作声，甚急，有如人打之者。比视，已死，吐黑血斗余。其夕，序墅上白鹅数头，无故自死。序家无恙。

华佗治疮

沛国华佗，字元化，一名旉。琅邪刘勋为河内太守，有女年几二十，苦脚左膝里有疮，痒而不痛，疮愈数十日复发。如此七八年。迎佗使视。佗曰：“是易治之。当得稻糠黄色犬一头，好马二匹。”以绳系犬颈，使走马牵犬，马极辄易。计马走三十余里，犬不能行，复令步人拖曳，计向五十里。乃以药饮女，女即安卧不知人。因取大刀断犬腹近后脚之前，以所断之处向疮口，令去二三寸停之。须臾，有若蛇者，从疮中出。便以铁椎横贯蛇头，蛇在皮中动摇良久，须臾不动，乃牵出，长三尺许，纯是蛇，但有眼处而无瞳子，又逆鳞耳。以膏散着疮中，七日愈。

华佗治咽病

佗尝行道，见一人病咽，嗜食不得下。家人车载，欲往就医。佗闻其呻吟声，驻车往视，语之曰：“向来道边，有卖饼家蒜虀（音jī，同“齑”。作调味用的姜、蒜、葱、韭等菜的碎末）大酢（音cù，同“醋”），从取三升饮之，病自当去。”即如佗言，立吐蛇一枚。

卷四

风伯雨师

风伯、雨师，星也。风伯者，箕星（二十八星宿之一）也。雨师者，毕星也。郑玄（东汉经学家，遍注群经，是汉代经学的集大成者）谓司中、司命，文昌第五、第四星也。雨师一曰屏翳，一曰屏号，一曰玄冥。

张宽说女宿

蜀郡张宽，字叔文。汉武帝时为侍中，从祀甘泉。至渭桥，有女子浴于渭水，乳长七尺。上怪其异，遣问之。女曰："帝后第七车者知我所来。"时宽在第七车。对曰："天星，主祭祀者。斋戒不洁，则女人（指女宿。为二十八宿之一）见。"

灌坛令当道

文王以太公望（姜尚，人称姜太公或太公望）为灌坛令。期年，风不鸣条（和风轻拂，树枝不发出声响）。文王梦一妇人，甚丽，当道而哭。问其故，曰："吾泰山之女，嫁为东海妇。欲归（指女子出嫁），今为灌坛令当道有德，废我行；我行必有大风疾雨。大风疾雨，是毁其德也。"文王觉，召太公问之。是日果有疾雨暴风，从太公邑外而过。文王乃拜太公为大司马。

胡母班致书

胡母班，字季友，泰山人也。曾至泰山之侧，忽于树间逢一绛衣驺（音zōu，骑马驾车的随从），呼班云："泰山府君召。"班惊愕，逡巡未答。复有一驺出，呼之。遂随行数十步，驺请班暂瞑。少顷，便见宫室，威仪甚严。班乃入阁拜谒。主为设食，语班曰："欲见君，无他，欲附书与女婿耳。"班问："女郎何在？"曰："女为河伯妇。"班曰："辄当奉书，不知缘何得达？"答曰："今适河中流，便扣舟呼'青衣'，当自有取书者。"班乃辞出。昔驺复令闭目，有顷，忽如故道。遂西行，如神言而呼青衣。须臾，果有一女仆出，取书而没。少顷，复出，云："河伯欲暂见君。"婢亦请瞑目。遂拜谒河伯。河伯乃大设酒食，词旨殷勤。临去，谓班曰："感君远为致书，无物相奉。"于是命左右："取吾青丝履来！"以贻班。班出，瞑然，忽得还舟。

遂于长安经年而还。至泰山侧，不敢潜过，遂扣树自称姓名，从长安还，欲启消息。须臾，昔驺出，引班如向法而进，因致书焉。府君请曰："当别再报。"班语讫，如厕，忽见其父着械徒作，此辈数百人。班进拜流涕问："大人何因及此？"父云："吾死不幸，见谴三年，今已二年矣，困苦不可处。知汝今为明府所识，可为吾陈之，乞免此役，便欲得社公耳。"班乃依教，叩头陈乞。府君曰："生死异路，不可相近，身无所惜。"班苦请，方许之。于是辞出，还家。

岁余，儿子死亡略尽。班惶惧，复诣泰山，扣树求见。昔驺遂迎之而见。班乃自说："昔辞旷拙，及还家，儿死亡至尽。今恐祸故未已，辄来启白，幸蒙哀救。"府君拊掌大笑曰："昔语君'死生异路，不可相近'故也。"即敕外召班父。须臾，至庭中，问之："昔求还里社，当为门户作福，而孙息死亡至尽，何也？"答云："久别乡里，自忻（音xīn，喜悦）得还，又遇酒食充足，实念诸孙，召之。"于是代之。父涕泣而出。班遂还。后有儿皆无恙。

河伯冯夷

宋时，弘农冯夷，华阴潼乡堤首人也。以八月上庚日渡河，溺死。天帝署为河伯。又《五行书》（书名，已佚）曰："河伯以庚辰日死。不可治船远行，溺没不返。"

华山使

秦始皇三十六年，使者郑容从关东来，将入函关。西至华阴，望见素车白马，从华山上下。疑其非人，道住止而待之。遂至，问郑容曰："安之？"答曰："之咸阳。"车上人曰："吾华山使也。愿托一牍书，致镐池君所。子之咸阳，道过镐池，见一大梓，下有文石，取款（叩，敲击）梓，当有应者。即以书与之。"容如其言，以石款梓树，果有人来取书。明年，祖龙（秦始皇）死。

张璞投女

张璞字公直，不知何许人也。为吴郡太守，征还，道由庐山。子女观于祠室，婢使指像人以戏曰："以此配汝。"其夜，璞妻梦庐君致聘曰："鄙男不肖，感垂采择，用致微意。"妻觉，怪之。婢言其情。于是妻惧，催璞速发。中流，舟不为行。阖船震恐。乃皆投物于水，船犹不行。或曰："投女。"则船为进。皆曰："神意已可知也。以一女而灭一门，奈何？"璞曰："吾不忍见之。"乃上飞庐（船上的小楼）卧，使妻沉女于水。妻因以璞亡兄孤女代之。置席水中，女坐其上，船乃得去。璞见女之在也，怒曰："吾何面目于当世也。"乃复投己女。及得渡，遥见二女在下。有吏立于岸侧，曰："吾庐君主簿也。庐君谢君。知鬼神非匹，又敬君之义，故悉还二女。"后问女，言："但见好屋吏卒，不觉在水中也。"

建康小吏曹著

建康小吏曹著，为庐山使所迎，配以女婉。著形意不安，屡屡求请退。婉潸然（潸音shān，流泪的样子）垂涕，赋诗序别，并赠织成裈（音kūn，满裆裤）衫。

宫亭湖孤石庙二女

宫亭湖（鄱阳湖的古名）孤石庙，尝有估客至都，经其庙下，见二女子，云："可为买两量（双）丝履，自相厚报。"估客至都，市好丝履，并箱盛之。自市书刀（在竹木简上刻字或削改的刀），亦内箱中。既还，以箱及香置庙中而去，忘取书刀。至河中流，忽有鲤鱼跳入船内，破鱼腹，得书刀焉。

宫亭庙神

南州人有遣吏献犀簪于孙权者，舟过宫亭庙而乞灵焉。神忽下教曰："须汝犀簪。"吏惶遽不敢应。俄而犀簪已前列矣。神复下教曰："俟汝至石头城，返汝簪。"吏不得已，遂行。自分（音fèn，料想）失簪，且得死罪。比达石头，忽有大鲤鱼，长三尺，跃入舟。剖之，得簪。

郭璞卜驴鼠

郭璞过江，宣城太守殷祐引为参军。时有一物，大如水牛，灰色，卑脚，脚类象，胸前尾上皆白，大力而迟钝，来到城下。众咸怪焉。祐使人伏而取之。令璞作卦，遇"遯"之"蛊"，名曰"驴鼠"。卜适了，伏者以戟刺，深尺余。郡纲纪上祠请杀之。巫云："庙神不悦。此是郱亭（宫亭湖）庐山君使，至荆山，暂来过我。

不须触之。”遂去，不复见。

欧明求如愿

庐陵欧明，从贾客，道经彭泽湖，每以舟中所有，多少投湖中，云：“以为礼。”积数年后。复过，忽见湖中有大道，上多风尘。有数吏，乘车马来候明，云：“是青洪君（彭泽湖的湖神）使要。”须臾达，见有府舍，门下吏卒。明甚怖。吏曰：“无可怖！青洪君感君前后有礼，故要君。必有重遗君者，君勿取，独求‘如愿’耳。”明既见青洪君，乃求“如愿”，使逐明去。如愿者，青洪君婢也。明将归，所愿辄得，数年，大富。

黄石公祠

益州之西，云南之东，有神祠，克山石为室，下有神，奉祠之，自称黄公。因言此神，张良（字子房，汉初杰出的谋略家、政治家）所受黄石公之灵也。清净不宰杀。诸祈祷者，持一百钱，一双笔，一丸墨，置石室中，前请乞，先闻石室中有声，须臾，问：“来人何欲？”既言，便具语吉凶，不见其形。至今如此。

樊道基

永嘉中，有神见兖州，自称樊道基。有妪，号成夫人。夫人好音乐，能弹箜篌（古代拨弦乐器名）。闻人弦歌，辄便起舞。

戴文谋疑神

沛国戴文谋，隐居阳城山中。曾于客堂食际，忽闻有神呼曰：“我天帝使者，欲下凭君，可乎？”文闻甚惊。又曰：“君疑我也？”文乃跪曰：“居贫，恐不足降下耳。”既而洒扫设位，朝夕进食，甚谨。后于室内窃言之。妇曰：“此恐是妖魅凭依耳。”文曰：“我亦疑之。”及祠飨（音xiǎng，祭祀时敬献祭品）之时，神乃言曰：“吾相从，方欲相利，不意有疑心异议。”文辞谢之际，忽堂上如数十人呼声，出视之，见一大鸟五色，白鸠数十随之，东北入云而去，遂不见。

麋竺逢天使

麋竺字子仲，东海朐人也。祖世货殖，家赀（音zī，通“资”，财物）巨万。常从洛归，未至家数十里，见路次有一好新妇，从竺求寄载。行可二十余里，新妇谢去，谓竺曰：“我天使也，当往烧东海麋竺家。感君见载，故以相语。”竺因私请之。妇曰：“不可得不烧。如此，君可快去，我当缓行。日中必火发。”竺乃急行归，达家，便移出财物。日中而火大发。

阴子方祀灶

汉宣帝（刘询，汉武帝刘彻的曾孙，前74年至前49年在位）时，南阳阴子方者，性至孝，积恩好施，喜祀灶。腊日晨炊，而灶神形见。子方再拜受庆。家有黄羊，因以祀之。自是已后，暴至巨富，田七百余顷，舆马仆隶，比于邦君。子方尝言："我子孙必将强大。"至识（即阴识。汉光武帝刘秀光烈皇后的哥哥）三世，而遂繁昌。家凡四侯，牧守数十。故后子孙尝以腊日祀灶，而荐黄羊焉。

张成见蚕神

吴县张成，夜起，忽见一妇人立于宅南角，举手招成，曰："此是君家之蚕室，我即此地之神。明年正月十五，宜作白粥，泛膏于上。"以后年年大得蚕。今之作膏糜像此。

戴侯祠

豫章有戴氏女，久病不差。见一小石，形像偶人，女谓曰："尔有人形，岂神？能差我宿疾者，吾将重（尊重。这里指作为神奉祀）汝。"其夜，梦有人告之："吾将佑汝。"自后疾渐差。遂为立祠山下，戴氏为巫，故名戴侯祠。

刘玘成神

汉阳羡长刘玘尝言："我死当为神。"一夕，饮醉，无病而卒。风雨，失其柩。夜闻荆山有数千人噉（音dàn，喊，呼叫）声，乡民往视之，则棺已成冢。遂改为君山，因立祠祀之。

卷五

蒋子文成神

蒋子文者，广陵人也。嗜酒好色，挑达无度。常自谓己骨清，死当为神。汉末，为秣陵尉，逐贼至钟山下，贼击伤额，因解绶（音shòu，衣带）缚之，有顷遂死。及吴先主之初，其故吏见文于道，乘白马，执白羽扇，侍从如平生。见者惊走，文追之，谓曰："我当为此土地神，以福尔下民。尔可宣告百姓，为我立祠。不尔，将有大咎。"是岁夏，大疫，百姓窃相恐动，颇有窃祠之者矣。文又下巫祝："吾将大启祐孙氏，宜为我立祠。不尔，将使虫入人耳为灾。"俄而小虫如尘虻，入耳皆死，医不能治。百姓愈恐，孙主未之信也。又下巫祝："若不祀我，将又以大火为灾。"是岁，火灾大发，一日数十处。火及公宫。议者以为鬼有所归，乃不为厉，宜有以抚之。于是使使者封子文为中都侯，次弟子绪为长水校尉，皆加印绶。为立庙堂。转号钟山为蒋山，今建康东北蒋山是也。自是灾厉止息，百姓遂大事之。

蒋侯召刘赤父

刘赤父者，梦蒋侯召为主簿。期日促，乃往庙陈请："母老，子弱，情事过切，乞蒙放恕。会稽魏过，多材艺，善事神。请举过自代。"因叩头流血。庙祝曰："特愿相屈。魏过何人，而有斯举？"赤父固请，终不许。寻而赤父死焉。

蒋山庙戏婚

咸宁中，太常卿韩伯子某，会稽内史王蕴子某，光禄大夫刘耽子某，同游蒋山庙。庙有数妇人像，甚端正。某等醉，各指像以戏，自相配匹。即以其夕，三人同梦蒋侯遣传教相闻，曰："家子女并丑陋，而猥垂荣顾。辄刻某日，悉相奉迎。"某等以其梦指适异常，试往相问，而果各得此梦，符协如一。于是大惧，备三牲（指祭祀所用牛、羊、猪），诣庙谢罪乞哀。又俱梦蒋侯亲来降已，曰："君等既已顾之，实贪会对。克期垂及，岂容方更中悔？"经少时并亡。

蒋侯与吴望子

会稽鄮县东野有女子，姓吴，字望子，年十六，姿容可爱。其乡里有解鼓舞神者，要之，便往。缘塘行，半路忽见一贵人，端正非常。贵人乘船，挺力十余，皆整顿。令人问望子："欲何之？"具以事对。贵人云："今正欲往彼，便可入船共去。"望子辞不敢。忽然不见。望子既拜神座，见向船中贵人，俨然端坐，即蒋侯像也。问望子："来何迟？"因掷两橘与之。数数形见，遂隆情好。心有所欲，辄空中下之。尝思啖（音dàn，食，吃）鲤，一双鲜鲤随心而至。望子芳香，流闻数里，颇有神验，一邑共事奉。经三年，望子忽生外意，神便绝往来。

蒋侯助杀虎

陈郡谢玉为琅邪内史，在京城。所在虎暴，杀人甚众。有一人，以小船载年少妇，以大刀插着船，挟暮来至逻所。将出语云："此间顷来甚多草秽（代指老虎），君载细小，作此轻行，大为不易。可止逻宿也。"相问讯既毕，逻将适还去。其妇上岸，便为虎将去。其夫拔刀大唤，欲逐之。先奉事蒋侯，乃唤求助。如此当行十里，忽如有一黑衣为之导，其人随之，当复二十里，见大树。既至一穴，虎子闻行声，谓其母至，皆走出，其人即其所杀之。便拔刀隐树侧，住良久，虎方至，便下妇着地，倒牵入穴。其人以刀当腰斫断之。虎既死，其妇故活。向晓，能语。问之，云："虎初取，便负着背上，临至而后下之。四体无他，止为草木伤耳。"扶归还船。明夜，梦一人语之曰："蒋侯使助汝，知否？"至家，杀猪祠焉。

丁姑祠

淮南全椒县有丁新妇者，本丹阳丁氏女，年十六，适全椒谢家。其姑严酷，使役有程，不如限者，仍便笞捶（以竹木之类的棍条抽打，笞音chī）不可堪。九月九日，乃自经死。遂有灵响，闻于民间。发言于巫祝曰："念人家妇女，作息不倦，使避九月九日，勿用作事。"见形，着缥衣（淡青色的衣服），戴青盖，从一婢，至牛渚津，求渡。有两男子共乘船捕鱼，仍呼求载。两男子笑共调弄之，言："听我为妇，当相渡也。"丁妪曰："谓汝是佳人，而无所知。汝是人，当使汝入泥死；是鬼，使汝入水。"便却入草中。须臾，有一老翁乘船载苇。妪从索渡，翁曰："船上无装，岂可露渡？恐不中载耳。"妪言："无苦。"翁因出苇半许，安处着船中，径渡之。至南岸，临去，语翁曰："吾是鬼神，非人也，自能得过。然宜使民间粗相闻知。翁之厚意，出苇相渡，深有惭感，当有以相谢者。若翁速还去，必有所见，亦当有所得也。"翁曰："恐燥湿不至，何敢蒙谢。"翁还西岸，见两男子覆水中。进前数里，有鱼千数跳跃水边，风吹至岸上。翁遂弃苇，载鱼以归。于是丁妪遂还丹阳。江南人皆呼为丁姑。九月九日，不用作事，咸以为息日也。今所在祠之。

王祐与赵公明府参佐

散骑侍郎王祐，疾困，与母辞诀。既而闻有通宾者，曰："某郡某里某人，尝为别驾。"祐亦雅闻其姓字。有顷，奄然来至，曰："与卿士类，有自然之分，又州里，情便款然。今年国家有大事，出三将军，分布征发。吾等十余人，为赵公明府参佐。至此仓卒，见卿有高门大屋，故来投。与卿相得，大不可言。"祐知其鬼神，曰："不幸疾笃，死在旦夕。遭卿，以性命相托。"答曰："人生有死，此必然之事。死者不系生时贵贱。吾今见领兵三千，须卿，得度簿相付。如此地难得，不宜辞之。"祐曰："老母年高，兄弟无有，一旦死亡，前无供养。"遂欷歔不能自胜。其人怆然曰："卿位为常伯，而家无余财。向闻与尊夫人辞诀，言辞哀苦。然则卿国士也，如何可令死。吾当相为。"因起去："明日更来。"其明日又来。祐曰："卿许活吾，当卒恩否？"答曰："大老子业已许卿，当复相欺耶？"见其从者数百人，皆长二尺许，乌衣军服，赤油为志。祐家击鼓祷祀，诸鬼闻鼓声，皆应节起舞，振袖，飒飒有声。祐将为设酒食，辞曰："不须。"因复起去，谓祐曰："病在人体中，如火，当以水解之。"因取一杯水，发被灌之。又曰："为卿留赤笔十余枝，在荐下，可与人，使簪之，出入辟恶灾，举事皆无恙。"因道曰："王甲、李乙，吾皆与之。"遂执祐手与辞。时祐得安眠，夜中忽觉，乃呼左右，令开被："神以水灌我，将大沾濡。"开被而信有水，在上被之下，下被之上，不浸，如露之在荷。量之，得三升七合（音gě，量词。一升的十分之一）。于是疾三分愈二，数日大除。凡其所道当取者，皆死亡，唯王文英半年后乃亡。所道与赤笔人，皆经疾病及兵乱，皆亦无恙。初有妖书云："上帝以三将军赵公明、钟士季各督数鬼下取人。"莫知所在。祐病差，见此书，与所道赵公明合。

周式逢鬼吏

汉下邳周式尝至东海，道逢一吏，持一卷书，求寄载。行十余里，谓式曰："吾暂有所过，留书寄君船中，慎勿发之。"去后，式盗发视书，皆诸死人录，下条有式名。须臾，吏还，式犹视书。吏怒曰："故以相告，而忽视之。"式叩头流血。良久，吏曰："感卿远相载，此书不可除卿名。今日已去，还家，三年勿出门，可得度也。勿道见吾书。”式还，不出。已二年余，家皆怪之。邻人卒亡，父怒，使往吊之。式不得已，适出门，便见此吏。吏曰：“吾令汝三年勿出，而今出门，知复奈何？吾求不见，连累为鞭杖。今已见汝，无可奈何。后三日日中，当相取也。”式还，涕泣具道如此。父故不信，母昼夜与相守。至三日日中时，果见来取，便死。

张助种李

南顿张助于田中种禾，见李核，欲持去，顾见空桑，中有土，因植种，以余浆溉灌。后人见桑中反复生李，转相告语。有病目痛者，息阴下，言：“李君令我目愈，谢以一豚。”目痛小疾，亦行自愈。众犬吠声，盲者得视，远近翕赫（盛大，显赫，翕音xī）。其下车骑常数千百，酒肉滂沱。间一岁余，张助远出来还，见之，惊云：“此有何神，乃我所种耳。”因就斫之。

新井

王莽居摄，刘京（据《汉书·王莽传》载，刘京为广饶侯）上言：“齐郡临淄县亭长辛当，数梦人谓曰：‘吾天使也。摄皇帝当为真。即不信我，此亭中当有新井出。’亭长起视，亭中果有新井，入地百尺。”

卷六

论妖怪

妖怪者，盖精气之依物者也。气乱于中，物变于外。形神气质，表里之用也。本于五行，通于五事（指貌、言、视、听、思），虽消息升降，化动万端，其于休咎之征，皆可得域而论矣。

论山徙

夏桀之时厉山亡，秦始皇之时三山（即蓬莱、方丈、瀛洲）亡，周显王三十二年（即前337年）宋大丘社亡，汉昭帝之末，陈留、昌邑社亡。京房《易传》曰："山默然自移，天下兵乱，社稷亡也。"故会稽山阴琅邪中有怪山，世传本琅邪东武海中山也。时天夜，风雨晦冥，旦而见武山在焉。百姓怪之，因名曰怪山。时东武县山，亦一夕自亡去，识其形者，乃知其移来。今怪山下见有东武里，盖记山所自来，以为名也。又交州山移至青州朐县。凡山徙，皆不极之异也。此二事未详其世。《尚书·金縢》曰："山徙者，人君不用道士，贤者不兴；或禄去公室，赏罚不由君，私门成群。不救，当为易世变号。"说曰："善言天者，必质于人；善言人者，必本于天。故天有四时，日月相推，寒暑迭代。其转运也，和而为雨，怒而为风，散而为露，乱而为雾，凝而为霜雪，张而为虹霓。此天之常数也。人有四肢五脏，一觉一寐，呼吸吐纳，精气往来，流而为荣卫，彰而为气色，发而为声音。此亦人之常数也。若四时失运，寒暑乖违，则五纬（金、木、水、火、土五星）盈缩，星辰错行，日月薄蚀，彗孛（彗星和孛星）流飞，此天地之危诊也。寒暑不时，此天地之蒸否也。石立土踊，此天地之瘤赘也。山崩地陷，此天地之痈疽也。冲风，暴雨，此天地之奔气也。雨泽不降，川渎涸竭，此天地之焦枯也。”

龟毛兔角

商纣之时，大龟生毛，兔生角。兵甲将兴之象也。

马化狐

周宣王三十三年，幽王生。是岁，有马化为狐。

人化蜮

晋献公二年，周惠王居于郑，郑人入玉府，多取玉，玉化为蜮，射人。

地暴长

周隐王二年四月，齐地暴长，长丈余，高一尺五寸。京房《易妖》曰：“地四时暴长，占：春、夏多吉，秋、冬多凶。”历阳之郡，一夕沦入地中而为水泽，今麻湖是也。不知何时。《运斗枢》

曰："邑之沦，阴吞阳，下相屠焉。"

一妇四十子

周哀王八年，郑有一妇人，生四十子，其二十人为人，二十人死。其九年，晋有豕生人。吴赤乌七年，有妇人一生三子。

御人产龙

周烈王六年，林碧阳君之御人产二龙。

彭生为豕祸

鲁严公八年，齐襄公田于贝丘，见豕，从者曰："公子彭生也。"公怒，射之，豕人立而啼。公惧，坠车，伤足，丧屦（音jù，单底鞋）。刘向（原名更生，字子政。西汉后期著名的经学家、目录学家、文学家）以为近豕祸也。

蛇斗

鲁严公时，有内蛇与外蛇斗郑南门中，内蛇死。刘向以为近蛇孽也。京房《易传》曰："立嗣子疑，厥妖蛇居国门斗。"

龙斗

鲁昭公十九年，龙斗于郑时门之外洧（水名）渊。刘向以为近龙孽也。京房《易传》曰：“众心不安，厥妖龙斗其邑中也。”

九蛇绕柱

鲁定公元年，有九蛇绕柱，占以为九世庙不祀，乃立炀宫（祭祀鲁炀公的庙）。

马生人

秦孝公二十一年，有马生人。昭王二十年，牡马生子而死。刘向以为皆马祸也。京房《易传》曰：“方伯分威，厥妖牡马生子。上无天子，诸侯相伐，厥妖马生人。”

女子化为丈夫

魏襄王十三年，有女子化为丈夫，与妻生子。京房《易传》曰：“女子化为丈夫，兹谓阴昌，贱人为王。丈夫化为女子，兹谓阴胜阳，厥咎亡。”一曰：“男化为女宫刑滥，女化为男妇政行也。”

五足牛

秦惠文王五年，游朐衍（**战国时北方的少数民族，也用来指代其所生活的地方**），有献五足牛。时秦世大用民力，天下叛之。京房《易传》曰：“兴繇役，夺民时，厥妖牛生五足。”

临洮大人

秦始皇二十六年，有大人长五丈，足履六尺，皆夷狄服，凡十二人，见于临洮，乃作金人十二以象之。

龙现井中

汉惠帝二年正月癸酉旦，有两龙现于兰陵廷东里温陵井中，至乙亥夜去。京房《易传》曰：“有德遭害，厥妖龙见井中。”又曰：“行刑暴恶，黑龙从井出。”

马生角

汉文帝十二年，吴地有马生角，在耳前，上向，右角长三寸，左角长二寸，皆大二寸。刘向以为马不当生角，犹吴不当举兵向上也，吴将反之变云。京房《易传》曰：“臣易上，政不顺，厥妖马生角。兹谓贤士不足。”又曰：“天子亲伐，马生角。”

狗生角

文帝后元五年六月，齐雍城门外有狗生角。京房《易传》曰：“执政失，下将害之，厥妖狗生角。”

人生角

汉景帝元年九月，胶东下密人年七十余，生角，角有毛。京房《易传》曰：“冢宰专政，厥妖人生角。”《五行志》以为人不当生角，犹诸侯不敢举兵以向京师也。其后遂有七国之难。至晋武帝泰始五年，元城人，年七十，生角。殆赵王伦篡乱之应也。

狗与彘交

汉景帝三年，邯郸有狗与彘交。是时赵王悖乱，遂与六国反，外结匈奴以为援。《五行志》以为，犬兵革失众之占，豕北方匈奴之象。逆言失听，交于异类，以生害也。京房《易传》曰：“夫妇不严，厥妖狗与豕交。兹谓反德，国有兵革。”

白黑乌斗

景帝三年十一月，有白颈乌与黑乌群斗楚国吕县。白颈不胜，堕泗水中死者数千。刘向以为近白黑祥也。时楚王戊暴逆无道，刑辱申公，与吴谋反。乌群斗者，师战之象也；白颈者小，明小者败也；堕于水者，将死水地。王戊不悟，遂举兵应吴，与汉大战，兵败而走，至于丹徒，为越人所斩，堕泗水之效也。京房《易传》曰："逆亲亲，厥妖白黑乌斗于国中。"燕王旦之谋反也，又有一乌一鹊斗于燕宫中池上，乌堕池死。《五行志》以为楚、燕皆骨肉藩臣，骄恣而谋不义，俱有乌鹊斗死之祥。行同而占合，此天人之明表也。燕阴谋未发，独王自杀于宫，故一乌而水色者死；楚炕阳举兵，军师大败于野，故乌众而金色者死。天道精微之效也。京房《易传》曰："颛征劫杀，厥妖乌鹊斗。"

牛足出背

景帝十六年，梁孝王田北山，有献牛足上出背上者。刘向以为近牛祸。内则思虑霿乱（愚蒙纷乱，霿音méng），外则土功过制，故牛祸作。足而出于背，下奸上之象也。

内外蛇斗

汉武帝太始四年七月，赵有蛇从郭外入，与邑中蛇斗孝文庙下。邑中蛇死。后二年秋，有卫太子事，自赵人江充起。

鼠舞门

汉昭帝元凤元年九月，燕有黄鼠衔其尾舞王宫端门中。王往视之，鼠舞如故。王使吏以酒脯祠，鼠舞不休，一日一夜死。时燕王旦谋反，将死之象也。京房《易传》曰："诛不原情，厥妖鼠舞门。"

石自立

昭帝元凤三年正月，泰山芜莱山南汹汹有数千人声。民往视之，有大石自立，高丈五尺，大四十八围，入地深八尺，三石为足。石立后，有白乌数千集其旁。宣帝中兴之瑞也。

食叶成文

昭帝时上林苑中大柳树断，仆地。一朝起立，生枝叶。有虫食其叶，成文字，曰"公孙病已（汉宣帝刘询原名。因幼时遭屯难而多病苦，故名病已，后改名为询）立"。

狗冠

昭帝时，昌邑王贺见大白狗冠方山冠而无尾。至熹平中，省内冠狗带绶以为笑乐。有一狗突出，走入司空府门。或见之者，莫不惊怪。京房《易传》曰："君不正，臣欲篡，厥妖狗冠出朝门。"

雌鸡化雄

汉宣帝黄龙元年，未央殿辂軨中雌鸡化为雄，毛衣变化，而不鸣，不将，无距（雄鸡、雉等的腿的后面突出像脚趾的部分）。元帝初元元年，丞相府史家雌鸡伏子，渐化为雄，冠距鸣将。至永光中有献雄鸡生角者。《五行志》以为王氏之应。京房《易传》曰："贤者居明夷之世，知时而伤，或众在位，厥妖鸡生角。"又曰："妇人专政，国不静；牝鸡雄鸣，主不荣。"

范延寿断讼

宣帝之世，燕、岱之间，有三男共取一妇，生四子。及至将分妻子而不可均，乃致争讼。廷尉范延寿断之曰："此非人类，当以禽兽，从母不从父也。请戮三男，以儿还母。"宣帝嗟叹曰："事何必古？若此，则可谓当于理而厌人情也。"延寿盖见人事而知用刑矣，未知论人妖将来之验也。

天雨草

汉元帝永光二年八月，天雨草，而叶相樛结（纠结。樛，绞结，盘缠），大如弹丸。至平帝元始三年正月，天雨草，状如永光时。京房《易传》曰："君吝于禄，信衰，贤去，厥妖天雨草。"

断槐复立

元帝建昭五年，兖州刺史浩赏，禁民私所自立社。山阳橐茅乡社有大槐树，吏伐断之，其夜树复立故处。说曰："凡枯断复起，皆废而复兴之象也。"是世祖之应耳。

鼠巢

汉成帝建始四年九月，长安城南，有鼠衔黄藁、柏叶，上民冢柏及榆树上为巢。桐柏为多。巢中无子，皆有干鼠矢数升。时议臣以为恐有水灾。鼠盗窃小虫，夜出昼匿。今正昼去穴而登木，象贱人将居贵显之占。桐柏，卫思后（汉武帝的皇后）园所在也。其后赵后（即赵飞燕，初为歌女，汉成帝时入宫，后被立为皇后）自微贱登至尊，与卫后同类。赵后终无子而为害。明年，有鸢（音yuān，鸟名，鸷鸟）焚巢杀子之象云。京房《易传》曰："臣私禄罔干，厥妖鼠巢。"

犬祸

成帝河平元年，长安男子石良、刘音相与同居。有如人状在其室中，击之，为狗，走出。去后，有数人披甲持弓弩至良家。良等格击，或死或伤，皆狗也。自二月至六月乃止。其于《洪范》，皆犬祸，言不从之咎也。

鸟焚巢

成帝河平元年二月庚子，泰山山桑谷有鸢焚其巢。男子孙通等闻山中群鸟鸢鹊声，往视之，见巢燃，尽堕池中，有三鸢鷇（音kòu，待哺的雏鸟）烧死。树大四围，巢去地五丈五尺。《易》曰："鸟焚其巢，旅人先笑后号咷（放声大哭）。"后卒成易世之祸云。

雨鱼

成帝鸿嘉四年秋，雨鱼于信都，长五寸以下。至永始元年春，北海出大鱼，长六丈，高一丈，四枚。哀帝建平三年，东莱平度出大鱼，长八丈，高一丈一尺，七枚。皆死。灵帝熹平二年，东莱海出大鱼二枚，长八九丈，高二丈余。京房《易传》曰："海数见巨鱼，邪人进，贤人疏。"

木生人状

成帝永始元年二月，河南街邮樗树生枝如人头，眉目须皆具，亡发耳。至哀帝建平三年十月，汝南西平遂阳乡有材仆地生枝，如人形，身青黄色，面白，头有髭发，稍长大，凡长六寸一分。京房《易传》曰：“王德衰，下人将起，则有木生为人状。”其后有王莽之篡。

马出角

成帝绥和二年二月，大厩马生角，在左耳前，围长各二寸。是时王莽为大司马，害上之萌，自此始矣。

燕生雀

成帝绥和二年三月，天水平襄有燕生雀，哺食至大，俱飞去。京房《易传》曰：“贼臣在国，厥咎燕生雀，诸侯销。”又曰：“生非其类，子不嗣世。”

三足驹

汉哀帝建平三年，定襄有牡马生驹，三足，随群饮食。《五行志》以为：马，国之武用；三足，不任用之象也。

僵树自立

哀帝建平三年，零陵有树僵地，围一丈六尺，长十丈七尺。

民断其本，长九尺余，皆枯。三月，树卒自立故处。京房《易传》曰：“弃正作淫，厥妖木断自属。妃后有颛（通“专”。专权），木仆反立，断枯复生。”

儿啼腹中

哀帝建平四年四月，山阳方与女子田无啬生子。未生二月前，儿啼腹中，及生，不举，葬之陌上。后三日，有人过，闻儿啼声，母因掘收养之。

西王母传书

哀帝建平四年夏，京师郡国民聚会里巷阡陌，设张博具歌舞，祠西王母。又传书曰：“母告百姓，佩此书者不死。不信我言，视门枢下，当有白发。”至秋乃止。

男子化女

哀帝建平中，豫章有男子化为女子，嫁为人妇，生一子。长安陈凤曰：“阳变为阴，将亡继嗣，自相生之象。”一曰：“嫁为人妇，生一子者，将复一世乃绝。”故后哀帝崩，平帝没，而王莽篡焉。

人死复生

汉平帝元始元年二月，朔方广牧女子赵春病死，既棺殓，积七日，出在棺外，自言见夫死父，曰："年二十七，汝不当死。"太守谭以闻。说曰："至阴为阳，下人为上。厥妖人死复生。"其后王莽篡位。

人生两头

汉平帝元始元年六月，长安有女子生儿，两头两颈，面俱相向，四臂共胸，俱前向，尻上有目，长二寸所。京房《易传》曰："'睽孤，见豕负涂。'厥妖人生两头。下相攘善，妖亦同。人若六畜首目在下，兹谓亡上，政将变更。厥妖之作，以谴失正，各象其类。两颈，下不一也；手多，所任邪也；足少，下不胜任，或不任下也。凡下体生于上，不敬也；上体生于下，媟渎（亵狎，轻慢，媟音xiè）也；生非其类，淫乱也；人生而大，上速成也；生而能言，好虚也。群妖推此类。不改，乃成凶也。"

三足乌

汉章帝元和元年，代郡高柳乌生子，三足，大如鸡，色赤，头有角，长寸余。

德阳殿蛇

汉桓帝即位，有大蛇见德阳殿上。洛阳市令淳于翼曰：“蛇有鳞，甲兵之象也。见于省中，将有椒房大臣受甲兵之象也。”乃弃官遁去。到延熹二年，诛大将军梁冀，捕治家属，扬兵京师也。

雨肉

汉桓帝建和三年秋七月，北地廉雨肉，似羊肋，或大如手。是时梁太后摄政，梁冀专权，擅杀诛太尉李固、杜乔，天下冤之。其后，梁氏诛灭。

梁冀妻妆

汉桓帝元嘉中，京都妇女作愁眉、啼妆、堕马髻、折腰步、龋齿笑。愁眉者，细而曲折。啼妆者，薄拭目下若啼处。堕马髻者，作一边。折腰步者，足不任下体。龋齿笑者，若齿痛，乐不欣欣。始自大将军梁冀妻孙寿所为，京都翕然，诸夏效之。天戒若曰：“兵马将往收捕。妇女忧愁，踧眉啼哭；吏卒掣顿，折其腰脊，令髻邪倾；虽强语笑，无复气味也。”到延熹二年，冀举宗合诛。

牛生鸡

桓帝延熹五年，临沅县有牛生鸡，两头四足。

赤厄三七

汉灵帝数游戏于西园中，令后宫采女为客舍主人，身为估服，行至舍间，采女下酒食，因共饮食，以为戏乐。是天子将欲失位，降在皂隶之谣也。其后天下大乱。古志有曰：“赤厄（指汉朝的厄运）三七。”三七者，经二百一十载，当有外戚之篡，丹眉之妖。篡盗短祚，极于三六，当有飞龙之秀，兴复祖宗。又历三七，当复有黄首之妖，天下大乱矣。自高祖建业，至于平帝之末，二百一十年，而王莽篡，盖因母后之亲。十八年而山东贼樊子都等起，实丹其眉，故天下号曰“赤眉”。于是光武以兴祚，其名曰秀。至于灵帝中平元年，而张角起，置三十六方，徒众数十万，皆是黄巾，故天下号曰“黄巾贼”。至今道服，由此而兴。初起于邺，会于真定，诳惑百姓曰：“苍天已死，黄天立。岁名甲子年，天下大吉。”起于邺者，天下始业也，会于真定也。小民相向跪拜趋信，荆、扬尤甚。乃弃财产，流沉道路，死者无数。角等初以二月起兵，其冬十二月悉破。自光武中兴至黄巾之起，未盈二百一十年，而天下大乱，汉祚废绝，实应三七之运。

长短衣裾

灵帝建宁中，男子之衣好为长服，而下甚短；女子好为长裾，而上甚短。是阳无下而阴无上，天下未欲平也。后遂大乱。

夫妇相食

灵帝建宁三年春，河内有妇食夫，河南有夫食妇。夫妇阴阳二仪，有情之深者也，今反相食。阴阳相侵，岂特日月之眚（音shěng，日月蚀。亦指灾异）哉。灵帝既没，天下大乱，君有妄诛之暴，臣有劫弑之逆，兵革相残，骨肉为仇，生民之祸极矣。故人妖为之先作。而恨不遭辛有、屠黍之论，以测其情也。

寺壁黄人

灵帝熹平二年六月，洛阳民讹言，虎贲寺东壁中，有黄人，形容须眉良是。观者数万，省内悉出，道路断绝。到中平元年二月，张角兄弟起兵冀州，自号“黄天”。三十六方，四面出和。将帅星布，吏士外属。因其疲餧（音něi，同“馁”，饥饿）牵而胜之。

木不曲直

灵帝熹平三年，右校别作中有两樗树（即臭椿），皆高四尺许。其一株宿昔暴长，长一丈余，粗大一围，作胡人状，头目鬓须发俱具。其五年十月壬午，正殿侧有槐树，皆六七围，自拔，倒竖，根上枝下。又中平中，长安城西北六七里，空树中有人面，生鬓。其于《洪范》，皆为木不曲直。

雌鸡欲化雄

灵帝光和元年，南宫侍中寺雌鸡欲化为雄，一身毛皆似雄，但头冠尚未变。

儿生两头

灵帝光和二年，洛阳上西门外女子生儿：两头，异肩，共胸，俱前向。以为不祥，堕地，弃之。自是之后，朝廷霿乱（黑暗纷乱，霿音méng），政在私门，上下无别，二头之象。后董卓戮太后，被以不孝之名，放废天子，后复害之。汉元以来，祸莫逾此。

梁伯夏后

光和四年，南宫中黄门寺有一男子，长九尺，服白衣。中黄门解步呵问："汝何等人？白衣妄入宫掖！"曰："我，梁伯夏后。天使我为天子。"步欲前收之，因忽不见。

草作人状

光和七年，陈留济阳、长垣，济阴，东郡，冤句，离狐界中，路边生草，悉作人状，操持兵弩；牛马龙蛇鸟兽之形，白黑各如其色，羽毛、头、目、足、翅皆备，非但彷彿，像之尤纯。旧说曰：“近草妖也。”是岁有黄巾贼起，汉遂微弱。

两头共身

灵帝中平元年六月壬申，洛阳男子刘仓，居上西门外，妻生男，两头共身。至建安中，女子生男，亦两头共身。

怀陵雀

中平三年八月中，怀陵上有万余雀，先极悲鸣，已因乱斗，相杀，皆断头悬着树枝枳棘（枳木与棘木，枳音zhǐ）。到六年，灵帝崩。夫陵者，高大之象也；雀者，爵也。天戒若曰：“诸怀爵禄而尊厚者，还自相害，至灭亡也。”

魁櫑挽歌

汉时，京师宾婚嘉会，皆作魁櫑（傀儡），酒酣之后，续以挽歌。魁櫑，丧家之乐；挽歌，执绋相偶和之者。天戒若曰：“国家当急殄悴，诸贵乐皆死亡也。”自灵帝崩后，京师坏灭，户有兼尸虫而相食者，“魁櫑”“挽歌”，斯之效乎？

京师童谣

灵帝之末，京师谣言曰：“侯非侯，王非王，千乘万骑上北邙。”到中平六年，史侯登蹑至尊，献帝未有爵号，为中常侍段珪等所执，公卿百僚，皆随其后，到河上，乃得还。

桓氏复生

汉献帝初平中，长沙有人姓桓氏，死，棺敛月余，其母闻棺中有声，发之，遂生。占曰：“至阴为阳，下人为上。”其后曹公由庶士起。

建安人妖

献帝建安七年，越嶲有男子化为女子。时周群上言：“哀帝时亦有此变，将有易代之事。”至二十五年，献帝封山阳公。

荆州童谣

建安初，荆州童谣曰：“八九年间始欲衰，至十三年无孑遗。”言自中兴以来，荆州独全；及刘表为牧，民又丰乐；至建安九年，当始衰。始衰者，谓刘表妻死，诸将并零落也。十三年无孑遗者，表又当死，因以丧败也。是时华容有女子，忽啼呼曰：“将有大丧。”言语过差，县以为妖言，系狱。月余，忽于狱中哭曰：“刘荆州今日死。”华容去州数百里，即遣马里验视，而刘表果死。县乃出之。续又歌吟曰：“不意李立为贵人。”后无几，曹公平荆州，以涿郡李立字建贤为荆州刺史。

树出血

建安二十五年正月，魏武（曹操）在洛阳起建始殿，伐濯龙（汉代宫苑名，在洛阳西南角）树而血出。又掘徙梨，根伤而血出。魏武恶之，遂寝疾，是月崩。是岁，为魏文黄初元年。

燕巢生鹰

魏黄初元年，未央宫中有鹰生燕巢中，口爪俱赤。至青龙中，明帝为凌霄阁，始搆（音gòu，架屋，营建），有鹊巢其上。帝以问高堂隆（字昇平，平阳人。魏明帝时任散骑常侍），对曰：“《诗》云：‘惟鹊有巢，惟鸠居之。’今兴起宫室，而鹊来巢，此宫室未成，身不得居之象也。”

妖马

魏齐王嘉平初，白马河出妖马，夜过官牧边鸣呼，众马皆应。明日，见其迹，大如斛，行数里，还入河。

燕生巨鷇

魏景初元年，有燕鷇生巨鷇于卫国李盖家，形若鹰，吻似燕。高堂隆曰："此魏室之大异，宜防鹰扬之臣于萧墙之内。"其后宣帝（指晋宣帝司马懿）起，诛曹爽，遂有魏室。

谯周书柱

蜀景耀五年，宫中大树无故自折。谯周深忧之，无所与言，乃书柱曰："众而大，期之会。具而授，若何复？"言曹者，众也；魏者，大也。众而大，天下其当会也。具而授，如何复有立者乎？蜀既亡，咸以周言为验。

孙权死征

吴孙权太元元年八月朔，大风，江海涌溢，平地水深八尺。拔高陵树二千株，石碑差动，吴城两门飞落。明年，权死。

孙亮草妖

吴孙亮五凤元年六月，交阯稗草化为稻。昔三苗（古国名。活动区域在江淮、荆州一带）将亡，五谷变种。此草妖也。其后亮废。

大石自立

吴孙亮五凤二年五月，阳羡县离里山大石自立。是时孙皓承废故之家，得复其位之应也。

陈焦复生

吴孙休永安四年，安吴民陈焦死七日，复生，穿冢出。乌程孙皓承废故之家得位之祥也。

孙休服制

孙休后，衣服之制，上长下短，又积领五六，而裳（指下身穿的衣裙）居一二。盖上饶奢，下俭逼，上有余，下不足之象也。

卷七

开石文字

初，汉元、成之世，先识之士有言曰："魏年有和，当有开石于西三千余里，系五马，文曰'大讨曹'。"及魏之初兴也，张掖之柳谷有开石焉。始见于建安，形成于黄初，文备于太和。周围七寻，中高一仞（古代长度单位），苍质素章，龙马、麟鹿（大鹿，这里指神兽麒麟）、凤皇、仙人之象，粲然咸著。此一事者，魏、晋代兴之符也。至晋泰始三年，张掖太守焦胜上言："以留郡本国图校今石文，文字多少不同。谨具图上。"案其文有五马象：其一，有人平上帻（音zé，古代包扎发髻的巾），执戟而乘之；其一有若马形而不成。其字有"金"，有"中"，有"大司马"，有"王"，有"大吉"，有"正"，有"开寿"；其一成行，曰"金当取之"。

西晋祸征

晋武帝泰始初，衣服上俭下丰，着衣者皆厌腰（束腰）。此君衰弱，臣放纵之象也。至元康末，妇人出两裆，加乎交领之上。此内出外也。为车乘者，苟贵轻细，又数变易其形，皆以白篾为纯（音zhǔn，镶边）。盖古丧车之遗象，晋之祸征也。

翟器翟食

胡床、貊盘，翟（通"狄"，秦汉以后对北方少数民族的泛称）之器也。羌煮（古代西北少数民族的一种食品，用鹿头、猪肉等煮成）、貊炙，翟之食也。自晋武帝泰始以来，中国尚之。贵人富室，必畜其器。吉享嘉宾，皆以为先。戎翟侵中国之前兆也。

蟛蚑化鼠

晋太康四年，会稽郡蟛蚑（音péng qí，又写作“蟛蜞”。甲壳纲）及蟹，皆化为鼠。其众覆野，大食稻，为灾。始成，有毛肉而无骨，其行不能过田塍（音chéng，田埂）。数日之后，则皆为牝（鸟兽的雌性）。

太康二龙

太康五年正月，二龙见武库井中。武库者，帝王威御之器所宝藏也。屋宇邃密，非龙所处。是后七年，藩王相害。二十八年，果有二胡僭窃神器，皆字曰“龙”。

两足虎

晋武帝太康六年，南阳获两足虎。虎者，阴精而居乎阳，金兽也。南阳，火名也。金精入火，而失其形，王室乱之妖也。其七年十一月丙辰，四角兽见于河间。天戒若曰：“角，兵象也。四者，四方之象。当有兵革起于四方。”后河间王遂连四方之兵，作为乱阶。

死牛头语

太康九年，幽州塞北有死牛头语。时帝多疾病，深以后事为念，而付托不以至公。思瞀乱（昏乱，瞀音mào）之应也。

武库飞鱼

太康中，有鲤鱼二枚，现武库屋上。武库，兵府；鱼有鳞甲，亦是兵之类也。鱼既极阴，屋上太阳，鱼现屋上，象至阴以兵革之祸干太阳也。及惠帝初，诛皇后父杨骏（杨骏，字文长，其女为晋武帝皇后。在晋惠帝时，杨骏为太傅、大都督，总揽朝政，后被杀），矢交宫阙，废后为庶人，死于幽宫。元康之末，而贾后（指晋惠帝皇后，晋初大臣贾充的女儿。她设计诛杀了杨骏、汝南王司马亮、楚王司马玮等人，专擅朝政，后赵王司马伦率兵入宫，矫诏持节以金屑酒赐死）专制，谤杀太子，寻亦诛废。十年之间，母后之难再兴，是其应也。自是祸乱構（造成，形成）矣。京房《易妖》曰："鱼去水，飞入道路，兵且作。"

方头屐

初作屐者，妇人圆头，男子方头。盖作意欲别男女也。至太康中，妇人皆方头屐，与男无异。此贾后专妒之征也。

撷字髻

晋时，妇人结发者，既成，以缯急束其环，名曰“撷（摘取，采摘）子髻”。始自宫中，天下翕然化之也。其末年，遂有怀、愍之事（指晋怀帝、晋愍帝被前赵刘曜俘杀之事）。

晋世宁舞

太康中，天下为《晋世宁》之舞。其舞，抑手以执杯盘而反覆之。歌曰：“晋世宁，舞杯盘。”反覆，至危也。杯盘，酒器也。而名曰“晋世宁”者，言时人苟且饮食之间，而其智不可及远，如器在手也。

毡绡头

太康中，天下以毡为绡头（男子束发的头巾）及络带、袴口。于是百姓咸相戏曰：“中国其必为胡所破也。”夫毡，胡之所产者也，而天下以为绡头、带身、裤口。胡既三制之矣，能无败乎？

折杨柳歌

太康末，京洛为《折杨柳》之歌。其曲始有兵革苦辛之辞，终以擒获斩截之事。自后杨骏被诛，太后幽死，《杨柳》之应也。

辽东马

晋武帝太熙元年，辽东有马生角，在两耳下，长三寸。及帝晏驾，王室毒于兵祸。

妇人兵饰

晋惠帝元康中，妇人之饰有五佩兵。又以金、银、象角、玳瑁之属，为斧、钺、戈、戟而载之，以当笄。男女之别，国之大节，故服食异等。今妇人而以兵器为饰，盖妖之甚者也。于是遂有贾后之事。

钟出涕

晋元康三年闰二月，殿前六钟皆出涕，五刻乃止。前年贾后杀杨太后于金墉城，而贾后为恶不悛，故钟出涕，犹伤之也。

一身二体

惠帝之世，京洛有人一身而男女二体，亦能两用人道（指男女交合），而性尤好淫。天下兵乱，由男女气乱，而妖形作也。

安丰女子

惠帝元康中，安丰有女子曰周世宁，年八岁，渐化为男。至十七八，而气性成。女体化而不尽，男体成而不彻，畜妻而无子。

临淄大蛇

元康五年三月，临淄有大蛇，长十许丈，负二小蛇，入城北门，径从市入汉城阳景王祠中，不见。

吕县流血

元康五年三月，吕县有流血，东西百余步。其后八载，而封云乱徐州，杀伤数万人。

雷破高禖石

元康七年，霹雳破城南高禖石。高禖，宫中求子祠也。贾后妒忌，将杀怀、愍，故天怒贾后，将诛之应也。

乌杖柱掖

元康中，天下始相效为乌杖，以柱掖。其后稍施其镦，住则植之。

及怀、愍之世，王室多故，而中都丧败，元帝（即东晋开国皇帝司马睿，318—323年在位）以藩臣树德东方，维持天下，柱掖之应也。

贵游倮身

元康中，贵游子弟相与为散发倮身（赤身露体）之饮，对弄婢妾。逆之者伤好，非之者负讥，希世之士，耻不与焉。胡狄侵中国之萌也。其后遂有二胡之乱。

浮石登岸

惠帝太安元年，丹阳湖熟县夏架湖，有大石浮二百步而登岸。百姓惊叹，相告曰：“石来！”寻而石冰入建邺。

贱人入禁

太安元年四月，有人自云龙门入殿前，北面再拜，曰：“我当作中书监。”即收斩之。禁庭尊秘之处，今贱人竟入，而门卫不觉者，宫室将虚，下人逾上之妖也。是后帝迁长安，宫阙遂空焉。

牛能言

太安中，江夏功曹张骋所乘牛忽言曰：“天下方乱，吾甚极为，乘我何之？”骋及从者数人皆惊怖，因绐之曰：“令汝还，勿复言。”乃中道还。至家，未释驾，又言曰：“归何早也？”骋益忧惧，秘而不言。安陆县有善卜者，骋从之卜。卜者曰：“大凶。非一家之祸，天下将有兵起。一郡之内，皆破亡乎！”骋还家，牛又人立而行，百姓聚观。其秋张昌贼起。先略江夏，诳曜百姓以汉祚复兴，有凤凰之瑞，圣人当世。从军者皆绛抹头，以彰火德之祥。百姓波荡，从乱如归。骋兄弟并为将军都尉。未几而败。于是一郡破残，死伤过半，而骋家族矣。京房《易妖》曰：“牛能言，如其言占吉凶。”

败屩聚道

元康、太安之间，江、淮之域，有败屩（音jué，草鞋）自聚于道，多者至四五十量。人或散去之，投林草中，明日视之，悉复如故。或云：“见猫衔而聚之。”世之所说：“屩者，人之贱服。而当劳辱，下民之象也。败者，疲弊之象也。道者，地理，四方所以交通，王命所由往来也。今败屩聚于道者，象下民疲病，将相聚为乱，绝四方而壅王命也。”

戟锋火光

晋惠帝永兴元年，成都王之攻长沙也，反军于邺，内外陈兵。是夜，戟锋皆有火光，遥望如悬烛，就视则亡焉。其后终以败亡。

万详婢生怪子

晋怀帝永嘉元年，吴郡吴县万详婢生一子，鸟头，两足马蹄，一手无毛，尾黄色，大如碗。

严根婢生他物

永嘉五年，枹罕令严根婢，产一龙，一女，一鹅。京房《易传》曰："人生他物，非人所见者，皆为天下大兵。"时帝承惠帝之后，四海沸腾，寻而陷于平阳，为逆胡所害。

狗作人言

永嘉五年，吴郡嘉兴张林家，有狗忽作人言曰："天下人俱饿死。"于是果有二胡之乱，天下饥荒焉。

延陵蝘鼠

永嘉五年十一月，有蝘鼠出延陵。郭璞筮之，遇"临"之"益"。曰："此郡之东县，当有妖人欲称制者，寻亦自死矣。"

辛螫之木

永嘉六年正月，无锡县欻有四枝茱萸树相樛而生，状若连理。先是，郭璞筮延陵蝘鼠，遇“临”之“益”，曰：“后当复有妖树生，若瑞而非，辛螫（用以比喻毒害、残害）之木也。傥（音tǎng，假如）有此，东西数百里，必有作逆者。”及此生木，其后吴兴徐馥（吴兴郡功曹）作乱，杀太守袁琇。

豕生人两头

永嘉中，寿春城内有豕生人，两头而不活。周馥取而观之。识者云：“豕，北方畜，胡狄象。两头者，无上也。生而死，不遂也。天戒若曰，易生专利之谋，将自致倾覆也。”俄为元帝所败。

生笺单衣

永嘉中，士大夫竞服生笺单衣。识者怪之，曰：“此古缌衰（古代小功五月之丧服）之布，诸侯所以服天子也。今无故服之，殆有应乎？”其后怀、愍晏驾。

无颜帢

昔魏武军中无故作白帢（便帽）。此缟素凶丧之征也。初，横缝其前以别后，名之曰“颜帢”，传行之。至永嘉之间，稍去其缝，名“无颜帢”。而妇人束发，其缓弥甚，紒（音jì，束发，结发）之坚不能自立，发被于额，目出而已。无颜者，愧之言也。覆额者，惭之貌也。其缓弥甚者，言天下亡礼与义，放纵情性，及其终极，至于大耻也。其后二年，永嘉之乱，四海分崩，下人悲难，无颜以生焉。

任乔妻生女连体

晋愍帝建兴四年，西都倾覆，元皇帝始为晋王，四海宅心。其年十月二十二日，新蔡县吏任乔妻胡氏年二十五，产二女，相向，腹心合，自腰以上，脐以下，各分。此盖天下未一之妖也。时内史吕会上言：“按《瑞应图》云：‘异根同体，谓之连理。异亩同颖，谓之嘉禾。’草木之属，犹以为瑞；今二人同心，天垂灵象。故《易》云：‘二人同心，其利断金。’休显见生于陕东之国，盖四海同心之瑞。不胜喜跃，谨画图上。”时有识者哂之。君子曰：“知之难也。以臧文仲之才，犹祀爰居焉。布在方册，千载不忘。故士不可以不学。古人有言：‘木无枝谓之瘣（音huì，病，内伤之病。特指树木有病瘿肿，枝叶不荣），人不学谓之瞽（音gǔ，失明的人，盲人）。’当其所蔽，盖阙如也。可不勉乎？”

淳于伯冤死

晋元帝建武元年六月，扬州大旱；十二月，河东地震。去年十二月，斩督运令史淳于伯，血逆流上柱二丈三尺，旋复下流四尺五寸。是时淳于伯冤死，遂频旱三年。刑罚妄加，群阴不附，则阳气胜之罚，又冤气之应也。

牛生犊两头

晋元帝建武元年七月，晋陵东门有牛生犊，一体两头。京房《易传》曰：“牛生子二首一身，天下将分之象也。”

地震涌水

元帝太兴元年四月，西平地震，涌水出。十二月，庐陵、豫章、武昌、西陵地震，涌水出，山崩。此王敦陵上之应也。

牛生怪犊

太兴元年三月，武昌太守王谅有牛生子，两头，八足，两尾，共一腹。不能自生，十余人以绳引之。子死，母活。其三年后，苑中有牛生子，一足三尾，生而即死。

马生驹两头

太兴二年，丹阳郡吏濮阳演马生驹，两头，自项前别。生而死。此政在私门，二头之象也。其后王敦陵上。

太兴初女子

太兴初，有女子其阴在腹，当脐下。自中国来至江东，其性淫而不产。又有女子，阴在首，居在扬州，亦性好淫。京房《易妖》曰："人生子，阴在首，则天下大乱；若在腹，则天下有事；若在背，则天下无后。"

武昌火灾

太兴中，王敦镇武昌，武昌灾。火起，兴众救之，救于此，而发于彼，东西南北数十处俱应，数日不绝。旧说所谓"滥灾妄起，虽兴师不能救之"之谓也。此臣而行君，亢阳（极盛的阳气）失节。是时王敦陵上，有无君之心，故灾也。

绛囊缚紒

太兴中，兵士以绛囊缚紒（即"髻"。结发）。识者曰："紒在首，为乾，君道也。囊者，为坤，臣道也。今以朱囊缚紒，臣道侵君之象也。"为衣者，上带短，才至于掖；着帽者，又以带缚项，下逼上，上无地也。为袴（古代指左右各一，分裹两腿的套裤）者，直幅为口，无杀，下大之象也。寻而王敦谋逆，再攻京师。

仪仗生花

太兴四年，王敦在武昌，铃下仪仗生花，如莲花，五六日萎落。说曰：“《易》说：‘枯杨生花，何可久也？’今狂花生枯木，又在铃阁（指翰林院以及将帅或州郡长官办事的地方）之间，言威仪之富，荣华之盛，皆如狂花之发，不可久也。”其后王敦终以逆命，加戮其尸。

羽扇长柄

旧为羽扇柄者，刻木象其骨形，列羽用十，取全数也。初，王敦南征，始改为长柄，下出，可捉。而减其羽，用八。识者尤之曰：“夫羽扇，翼之名也。创为长柄，将执其柄以制其羽翼也。改十为八，将未备夺已备也。此殆敦之擅权，以制朝廷之柄，又将以无德之材，欲窃非据也。”

武昌大蛇

晋明帝太宁初，武昌有大蛇，常居故神祠空树中，每出头从人受食。京房《易传》曰：“蛇见于邑，不出三年，有大兵，国有大忧。”寻有王敦之逆。

卷八

舜得玉历

虞舜耕于历山，得玉历于河际之岩。舜知天命在己，体道不倦。舜，龙颜大口，手握褒。宋均（东汉末年南阳人，经学大师郑玄的弟子，为魏博士）注曰：“握褒，手中有‘褒’字。喻从劳苦受褒饬致大祚也。”

汤祷桑林

汤既克夏，大旱七年，洛川竭。汤乃以身祷于桑林，剪其爪、发，自以为牺牲，祈福于上帝。于是大雨即至，洽于四海。

吕望钓于渭阳

吕望（姜子牙）钓于渭阳。文王出游猎，占曰：“今日猎得一兽，非龙非螭（音chī，古代传说中无角的龙），非熊非罴（音pí，熊的一种。俗称人熊或马熊）。合得帝王师。”果得太公于渭之阳。与语，大悦，同车载而还。

武王定风波

武王伐纣，至河上。雨甚，疾雷，晦冥，扬波于河。众甚惧。武王曰：“余在，天下谁敢干余者！”风波立济。

孔子夜梦

鲁哀公十四年，孔子夜梦三槐之间，丰、沛之邦，有赤氤气起，乃呼颜回、子夏同往观之。驱车到楚西北范氏街，见刍儿打麟，伤其左前足，束薪而覆之。孔子曰："儿来！汝姓为谁？"儿曰："吾姓为赤松，名时乔，字受纪。"孔子曰："汝岂有所见乎？"儿曰："吾所见一禽，如麕（同"麇"。獐子），羊头，头上有角，其末有肉。方以是西走。"孔子曰："天下已有主也。为赤刘，陈、项为辅。五星入井，从岁星。"儿发薪下麟示孔子。孔子趋而往。麟向孔子，蒙其耳，吐三卷图，广三寸，长八寸，每卷二十四字。其言赤刘当起曰："周亡，赤气起，火耀兴，玄丘（指孔丘。古时称孔子为"玄圣"，即有大德而无爵位的圣人）制命，帝卯金（指刘）。"

赤虹化玉

孔子修《春秋》，制《孝经》。既成，斋戒，向北辰而拜，告备于天。天乃洪郁起白雾，摩地，赤虹自上而下，化为黄玉，长三尺，上有刻文。孔子跪受而读之，曰："宝文出，刘季握。卯金刀，在轸北。字禾子，天下服。"

陈宝祠

秦穆公时，陈仓人掘地得物，若羊非羊，若猪非猪。牵以献穆公，道逢二童子。童子曰："此名为媪（老妇人的通称）。常在地食死人脑。若欲杀之，以柏插其首。"媪曰："彼二童子名为陈宝。得雄者王，得雌者伯。"陈仓人舍媪逐二童子。童子化为雉，飞入平林。陈仓人告穆公，穆公发徒大猎，果得其雌。又化为石，置之汧、渭之间。至文公时，为立祠名陈宝。其雄者飞至南阳。今南阳雉县，是其地也。秦欲表其符，故以名县。每陈仓祠时，有赤光长十余丈，从雉县来，入陈仓祠中，有声殷殷如雄雉。其后光武起于南阳。

邢史子臣说天道

宋大夫邢史子臣明于天道。周敬王之三十七年，景公问曰："天道其何祥？"对曰："后五十年五月丁亥，臣将死。死后五年五月丁卯，吴将亡。亡后五年，君将终。终后四百年，邾（春秋时国名，也称邾娄）王天下。"俄而皆如其言所云。邾王天下者，谓魏之兴也。邾，曹姓，魏亦曹姓，皆邾之后。其年数则错。未知邢史失其数耶？将年代久远，注记者传而有谬也？

荧惑星预言

吴以草创之国，信不坚固，边屯守将，皆质其妻子，名曰"保质"。童子少年以类相与娱游者，日有十数。孙休永安二年三月，有一异儿，长四尺余，年可六七岁，衣青衣，忽来从群儿戏。诸儿莫之识也，皆问曰：“尔谁家小儿，今日忽来？”答曰：“见尔群戏乐，故来耳。”详而视之，眼有光芒，爚爚（音yuè，光彩耀目的样子）外射。诸儿畏之，重问其故。儿乃答曰：“尔恐我乎？我非人也，乃荧惑星也，将有以告尔：三公归于司马。”诸儿大惊，或走告大人。大人驰往观之。儿曰：“舍尔去乎！”耸身而跃，即以化矣。仰而视之，若曳一匹练以登天。大人来者，犹及见焉。飘飘渐高，有顷而没。时吴政峻急，莫敢宣也。后四年而蜀亡，六年而魏废，二十一年而吴平，是归于司马也。

戴洋梦神

都水马武举戴洋为都水令史，洋请急还乡，将赴洛，梦神人谓之曰：“洛中当败，人尽南渡。后五年，扬州必有天子。”洋信之，遂不去。既而皆如其梦。

卷九

应妪见神光

后汉中兴初，汝南有应妪者，生四子而寡。昼见神光照社。妪见光，以问卜人。卜人曰："此天祥也。子孙其兴乎！"乃探得黄金。自是子孙宦学，并有才名。至玚（指应玚，字德琏，东汉末文学家，"建安七子"之一），七世通显。

冯绲绶笥有蛇

车骑将军巴郡冯绲，字鸿卿，初为议郎，发绶笥（音sì，盛印绶的箱子），有二赤蛇，可长二尺，分南北走。大用忧怖。许季山孙宪，字宁方，得其先人秘要。绲请使卜，云："此吉祥也。君后三岁，当为边将，东北四五千里，官以东为名。"后五年，从大将军南征。居无何，拜尚书郎、辽东太守、南征将军。

张颢得金印

常山张颢为梁州牧。天新雨后，有鸟如山鹊，飞翔入市，忽然坠地。人争取之，化为圆石。颢椎破之，得一金印，文曰："忠孝侯印。"颢以上闻，藏之秘府。后议郎汝南樊衡夷上言："尧舜时旧有此官。今天降印，宜可复置。"颢后官至太尉。

张氏传钩

京兆长安有张氏，独处一室，有鸠自外入，止于床。张氏祝曰：“鸠来，为我祸也，飞上承尘；为我福也，即入我怀。”鸠飞入怀。以手探之，则不知鸠之所在，而得一金钩。遂宝之。自是子孙渐富，资财万倍。蜀贾至长安，闻之，乃厚赂婢，婢窃钩与贾。张氏既失钩，渐渐衰耗。而蜀贾亦数罹穷厄，不为己利。或告之曰：“天命也，不可力求。”于是赍（音jī，持，送）钩以反张氏，张氏复昌。故关西（函谷关以西或潼关以西的地区）称张氏传钩云。

何比干得符策

汉征和三年三月，天大雨。何比干在家，日中，梦贵客车骑满门。觉以语妻。语未已，而门有老妪，可八十余，头白，求寄避雨。雨甚，而衣不沾渍。雨止，送至门，乃谓比干曰：“公有阴德，今天锡君策，以广公之子孙。”因出怀中符策，状如简，长九寸，凡九百九十枚，以授比干，曰：“子孙佩印绶者，当如此算。”

魏舒诣野王

魏舒字阳元，任城樊人也。少孤，尝诣野王。主人妻夜产，俄而闻车马之声，相问曰：“男也？女也？”曰：“男。”“书之，十五以兵死。”复问：“寝者为谁？”曰：“魏公舒。”后十五载，诣主人，问所生童何在，曰：“因条桑，为斧伤而死。”舒自知当为公矣。

贾谊与鹏鸟

贾谊为长沙王太傅，四月庚子日，有鹏鸟（一种似猫头鹰的鸟）飞入其舍，止于坐隅，良久乃去。谊发书占之，曰：“野鸟入室，主人将去。”谊忌之，故作《鹏鸟赋》，齐死生而等祸福，以致命定志焉。

狗啮群鹅

王莽居摄，东郡太守翟义知其将篡汉，谋举义兵。兄宣教授，诸生满堂。群鹅雁数十在中庭，有狗从外入，啮之，皆死。惊救之，皆断头。狗走出门，求不知处。宣大恶之。数日，莽夷其三族。

公孙渊家数怪

魏司马太傅懿平公孙渊，斩渊父子。先时，渊家数有怪：一犬着冠帻绛衣，上屋；欻有一儿，蒸死甑（音zèng，蒸食炊器）中。襄平北市生肉，长围各数尺，有头目口喙，无手足而动摇。占者曰：“有形不成，有体无声，其国灭亡。”

诸葛恪被杀

吴诸葛恪征淮南归，将朝会之夜，精爽扰动，通夕不寐。严毕趋出，犬衔引其衣。恪曰："犬不欲我行耶？"出仍入坐。少顷，复起，犬又衔衣。恪令从者逐之。及入，果被杀。其妻在室，语使婢曰："尔何故血臭？"婢曰："不也。"有顷，愈剧。又问婢曰："汝眼目瞻视何以不常？"婢蹶然起跃，头至于栋，攘臂切齿而言曰："诸葛公乃为孙峻所杀。"于是大小知恪死矣。而吏兵寻至。

邓喜射人头

吴戍将邓喜杀猪祠神，治毕悬之，忽见一人头，往食肉。喜引弓射，中之，咋咋作声，绕屋三日。后人白喜谋叛，合门被诛。

贾充见府公

贾充伐吴时，常屯项城，军中忽失充所在。充帐下都督周勤时昼寝，梦见百余人录充，引入一径。勤惊觉，闻失充，乃出寻索。忽睹所梦之道，遂往求之。果见充行至一府舍，侍卫甚盛，府公南面坐，声色甚厉，谓充曰："将乱吾家事者，必尔与荀勖。既惑吾子，又乱吾孙，间使任恺黜汝而不去，又使庾纯詈汝而不改。今吴寇当平，汝方表斩张华。汝之暗戆（音zhuàng，愚蠢），皆此类也。若不悛慎，当旦夕加诛。"充因叩头流血。府公曰："汝所以延日月而名器若此者，是卫府之勋耳。终当使系嗣死于钟虡之间，大子毙于金酒之中，小子困于枯木之下。荀勖亦宜同。然其先德小浓，故在汝后。数世之外，国嗣亦替。”言毕命去。充忽然得还营，颜色憔悴，性理昏错，经日乃复。至后，谧（指贾充小女儿贾午的儿子韩谧）死于钟下，贾后服金酒而死，贾午考竟（刑讯审问）用大杖终。皆如所言。

庾亮受罚

庾亮字文康，鄢陵人，镇荆州。登厕，忽见厕中一物，如方相（古代传说中驱除疫鬼和山川精怪的神灵），两眼尽赤，身有光耀，渐渐从土中出。乃攘臂以拳击之，应手有声，缩入地。因而寝疾。术士戴洋曰：“昔苏峻事，公于白石祠中祈福，许赛（酬报）其牛，从来未解，故为此鬼所考，不可救也。”明年，亮果亡。

刘宠军败

东阳刘宠字道和，居于湖熟。每夜，门庭自有血数升，不知所从来。如此三四。后宠为折冲将军，见遣北征。将行，而炊饭尽变为虫。其家人蒸粆，亦变为虫。其火愈猛，其虫愈壮。宠遂北征，军败于坛丘，为徐龛（晋太山太守，叛降石勒，后又降晋，被石虎捉拿）所杀。

卷十

和熹邓皇后梦

汉和熹邓皇后（东汉和帝皇后邓绥。汉和帝死后，她先后立殇公、安帝，临朝执政，死后谥熹），尝梦登梯以扪（音mén，抚摸）天，体荡荡正清滑，有若钟乳状，乃仰噏饮之。以讯诸占梦，言："尧梦攀天而上，汤梦及天舐之，斯皆圣王之前占也。吉不可言。"

孙坚夫人梦

孙坚夫人吴氏，孕而梦月入怀，已而生策。及权在孕，又梦日入怀。以告坚曰："妾昔怀策，梦月入怀；今又梦日，何也？"坚曰："日月者，阴阳之精，极贵之象，吾子孙其兴乎？"

蔡茂梦

汉蔡茂字子礼，河内怀人也。初在广汉，梦坐大殿，极上有禾三穗，茂取之，得其中穗，辄复失之。以问主簿郭贺，贺曰："大殿者，官府之形象也；极而有禾，人臣之上禄也；取中穗，是中台之象也。于字，'禾''失'为'秩'，虽曰失之，乃所以禄也。衮职中阙，君其补之。"旬月而茂征焉。

周擥啧梦

周擥啧者，贫而好道。夫妇夜耕，困息卧，梦天公过而哀之，敕外有以给与。司命按录籍，云：“此人相贫，限不过此。唯有张车子，应赐钱千万。车子未生，请以借之。”天公曰：“善。”曙觉，言之。于是夫妇戮力，昼夜治生，所为辄得，赀至千万。先时。有张妪者，尝往周家佣赁，野合有身，月满当孕，便遣出外，驻车屋下，产得儿。主人往视，哀其孤寒，作粥糜（指煮米使糜烂）食之。问：“当名汝儿作何？”妪曰：“今在车屋下而生，梦天告之，名为车子。”周乃悟曰：“吾昔梦从天换钱，外白以张车子钱贷我，必是子也。财当归之矣。”自是居日衰减。车子长大，富于周家。

卢汾梦

夏阳卢汾，字士济，梦入蚁穴，见堂宇三间，势甚危豁，题其额曰“审雨堂”。

刘卓梦

吴选曹令史刘卓病笃，梦见一人以白越单衫与之，言曰：“汝着衫，污，火烧便洁也。”卓觉，果有衫在侧。污，辄火浣之。

刘雅梦

淮南书佐刘雅，梦见青蜥蜴从屋落其腹内。因苦腹痛病。

张奂妻梦

后汉张奂为武威太守，其妻梦带奂印绶，登楼而歌。觉以告奂。奂令占之，曰：“夫人方生男，后临此郡，命终此楼。”后生子猛。建安中，果为武威太守，杀刺史邯郸商，州兵围急，猛耻见擒，乃登楼自焚而死。

汉灵帝梦

汉灵帝梦见桓帝怒曰：“宋皇后有何罪过，而听用邪孽，使绝其命？渤海王悝既已自贬，又受诛毙。今宋氏及悝，自诉于天，上帝震怒，罪在难救。”梦殊明察。帝既觉而恐，寻亦崩。

吕石梦

吴时嘉兴徐伯始病，使道士吕石安神座。石有弟子戴本、王思二人，居住海盐，伯始迎之以助石。昼卧，梦上天北斗门下，见外鞍马三匹，云：“明日当以一迎石，一迎本，一迎思。”石梦觉，语本、思云：“如此，死期。可急还，与家别。”不卒事而去。伯始怪而留之。曰：“惧不得见家也。”间一日，三人同时死。

谢郭同梦

会稽谢奉与永嘉太守郭伯猷善。谢忽梦郭与人于浙江上争樗蒱钱，因为水神所责，堕水而死，已营理郭凶事。及觉，即往郭许，共围棋。良久，谢云：“卿知吾来意否？”因说所梦。郭闻之怅然，云：“吾昨夜亦梦与人争钱，如卿所梦。何期太的的（明白）也？”须臾，如厕，便倒气绝。谢为凶具，一如其梦。

徐泰梦

嘉兴徐泰，幼丧父母，叔父隗养之，甚于所生。隗病，泰营侍甚勤。是夜三更中，梦二人乘船持箱，上泰床头，发箱，出簿书示曰：“汝叔应死。”泰即于梦中叩头祈请。良久，二人曰：“汝县有同姓名人否？”泰思得，语二人云：“有张隗，不姓徐。”二人云：“亦可强逼。念汝能事叔父，当为汝活之。”遂不复见。泰觉，叔病乃差。

卷十一

熊渠子射虎（附李广射虎）

楚熊渠子夜行，见寝石（横躺着的石头），以为伏虎，弯弓射之，没金铩羽。下视，知其石也。因复射之，矢摧，无迹。汉世复有李广，为右北平太守，射虎，得石，亦如之。刘向曰：“诚之至也，而金石为之开，况于人乎？夫唱而不和，动而不随，中必有不全者也。夫不降席而匡天下者，求之己也。”

养由基射猿（附更嬴射鸟）

楚王游于苑，白猿在焉。王令善射者射之，矢数发，猿搏矢而笑。乃命由基（即养由基，著名的神射手，能百步穿杨）。由基抚弓，猿即抱木而号。及六国时，更嬴（战国时魏国的著名射手）谓魏王曰：“臣能为虚发而下鸟。”魏王曰：“然则射可至于此乎？”嬴曰：“可。”有顷，闻雁从东方来，更嬴虚发而鸟下焉。

古冶子杀鼋

齐景公渡于江、沅之河，鼋衔左骖，没之。众皆惊惕。古冶子于是拔剑从之，邪行五里，逆行三里，至于砥柱之下，杀之，乃鼋也。左手持鼋头，右手挟左骖，燕跃鹄踊而出（形容迅捷威猛），仰天大呼，水为逆流三百步。观者皆以为河伯也。

三王墓

楚干将、莫邪为楚王作剑，三年乃成，王怒，欲杀之。剑有雌雄。其妻重身当产，夫语妻曰："吾为王作剑，三年乃成。王怒，往必杀我。汝若生子，是男，大，告之曰：'出户，望南山，松生石上，剑在其背。'"于是即将雌剑往见楚王。王大怒，使相之："剑有二，一雄一雌。雌来，雄不来。"王怒，即杀之。

莫邪子名赤比，后壮，乃问其母曰："吾父所在？"母曰："汝父为楚王作剑，三年乃成。王怒，杀之。去时嘱我：'语汝子，出户，望南山，松生石上，剑在其背。'"于是子出户，南望，不见有山，但睹堂前松柱下石砥之上，即以斧破其背，得剑。日夜思欲报楚王。

王梦见一儿，眉间广尺，言欲报仇。王即购之千金。儿闻之，亡去。入山，行歌。客有逢者，谓："子年少，何哭之甚悲耶？"曰："吾干将、莫邪子也。楚王杀吾父，吾欲报之。"客曰："闻王购子头千金，将子头与剑来，为子报之。"儿曰："幸甚！"即自刎，两手捧头及剑奉之，立僵。客曰："不负子也。"于是尸乃仆。客持头往见楚王，王大喜。客曰："此乃勇士头也。当于汤镬煮之。"王如其言。煮头三日三夕，不烂。头踔（音chuō，跳跃）出汤中，瞋目大怒。客曰："此儿头不烂，愿王自往临视之，是必烂也。"王即临之。客以剑拟王，王头随堕汤中。客亦自拟己头，头复堕汤中。三首俱烂，不可识别。乃分其汤肉葬之，故通名"三王墓"。今在汝南北宜春县界。

贾雍失头

汉武时，苍梧贾雍为豫章太守，有神术。出界讨贼，为贼所杀，失头，上马回营。营中咸走来视雍。雍胸中语曰："战不利，为贼所伤。诸君视有头佳乎？无头佳乎？"吏涕泣曰："有头佳。"雍曰："不然，无头亦佳。"言毕，遂死。

断头语

渤海太守史良好一女子，许嫁而不果。良怒，杀之，断其头而归，投于灶下，曰："当令火葬。"头语曰："使君，我相从，何图当尔！"后梦见曰："还君物。"觉而得昔所与香缨、金钗之属。

苌弘血化碧

周灵王时，苌弘（周景王大臣刘文公的家臣，在晋国六卿争斗时，因帮助范氏而惹怒赵氏，周人因杀苌弘。传说苌弘被杀三年后，其血化为碧玉。后人多以"苌弘化碧"来形容刚直忠正，为正义事业而蒙冤抱恨）见杀。蜀人因藏其血，三年，乃化而为碧。

东方朔消患

汉武帝东游，未出函谷关，有物当道。身长数丈，其状象牛，青眼而曜（音yào，明亮，光辉）睛，四足入土，动而不徙。百官惊骇。东方朔乃请以酒灌之。灌之数十斛而物消。帝问其故，答曰："此名为患，忧气之所生也。此必是秦之狱地，不然，则罪人徒作之所聚。夫酒忘忧，故能消之也。"帝曰："吁！博物之士，至于此乎！"

谅辅祷雨

后汉谅辅，字汉儒，广汉新都人。少给佐吏，浆水不交。为从事，大小毕举，郡县敛手。时夏枯旱，太守自曝中庭，而雨不降。辅以五官掾出祷山川，自誓曰："辅为郡股肱，不能进谏纳忠，荐贤退恶，和调百姓，至令天地否隔，万物枯焦，百姓喁喁（仰望期待的样子），无所控诉，咎尽在辅。今郡太守内省责己，自曝中庭，使辅谢罪，为民祈福。精诚恳到，未有感彻。辅今敢自誓：若至日中无雨，请以身塞无状（指不可言状的罪行）。"乃积薪柴，将自焚焉。至日中时，山气转黑，起雷，雨大作，一郡沾润。世以此称其至诚。

何敞消灾

何敞，吴郡人。少好道艺，隐居。里以大旱，民物憔悴，太守庆洪遣户曹掾致谒，奉印绶，烦守无锡。敞不受。退，叹而言曰："郡界有灾，安能得怀道！"因跋涉之县，驻明星屋中，蝗蝝消死，敞即遁去。后举方正、博士，皆不就，卒于家。

蝗虫避徐栩

后汉徐栩，字敬卿，吴由拳人。少为狱吏，执法详平。为小黄令时，属县大蝗，野无生草，过小黄界，飞逝不集。刺史行部责栩不治，栩弃官，蝗应声而至。刺史谢，令还寺舍，蝗即飞去。

白虎墓

王业字子香，汉和帝时为荆州刺史。每出行部，沐浴斋素，以祈于天地：当启佐愚心，无使有枉百姓。在州七年，惠风大行，苛慝（音tè，邪恶）不作，山无豺狼。卒于枝江，有二白虎，低头，曳尾，宿卫其侧。及丧去，虎逾州境，忽然不见。民共为立碑，号曰“枝江白虎墓”。

葛祚碑

吴时，葛祚为衡阳太守，郡境有大槎横水，能为妖怪。百姓为立庙，行旅祷祀，槎乃沉没；不者，槎浮，则船为之破坏。祚将去官，乃大具斧斤，将去民累。明日当至，其夜闻江中汹汹有人声，往视之，槎乃移去，沿流下数里，驻湾中。自此行者无复沉覆之患。衡阳人为祚立碑，曰：“正德祈禳，神木为移。”

曾子之孝

曾子从仲尼在楚而心动，辞归问母，母曰：“思尔，啮指。”孔子曰：“曾参之孝，精感万里。”

周畅立义冢

周畅性仁慈，少至孝，独与母居。每出入，母欲呼之，常自啮其手，畅即觉手痛而至。治中从事未之信。候畅在田，使母啮手，而畅即归。元初二年，为河南尹，时夏大旱，久祷无应。畅收葬洛阳城旁客死骸骨万余，为立义冢，应时澍雨（暴雨）。

王祥孝母

王祥字休征，琅邪人，性至孝。早丧亲，继母朱氏不慈，数谮（音zèn，谗毁，诬陷）之，由是失爱于父，每使扫除牛下。父母有疾，衣不解带。母常欲生鱼，时天寒，冰冻。祥解衣将剖冰求之，冰忽自解，双鲤跃出，持之而归。母又思黄雀炙，复有黄雀数十入其幙（音mù，同“幕”。幕帐），复以供母。乡里惊叹，以为孝感所致。

王延叩凌求鱼

王延，性至孝。继母卜氏，尝盛冬思生鱼，敕延求而不获，杖之流血。延寻汾，叩凌而哭。忽有一鱼，长五尺，跃出冰上，延取以进母。卜氏食之，积日不尽。于是心悟，抚延如己子。

楚僚卧冰求鲤

楚僚早失母，事后母至孝。母患痈肿（毒疮脓肿），形容日悴。僚自徐徐吮之，血出，迨夜即得安寝。乃梦一小儿语母曰："若得鲤鱼食之，其病即差，可以延寿。不然，不久死矣。"母觉而告僚。时十二月冰冻，僚乃仰天叹泣，脱衣上冰，卧之。有一童子，决僚卧处，冰忽自开，一双鲤鱼跃出。僚将归奉其母，病即愈，寿至一百三十三岁。盖至孝感天神，昭应如此。此与王祥、王延事同。

蛴螬炙

盛彦字翁子，广陵人。母王氏，因疾失明，彦躬自侍养。母食，必自哺之。母疾既久，至于婢使数见捶挞。婢忿恨，闻彦暂行，取蛴螬（金龟子的幼虫）炙饴之。母食，以为美，然疑是异物，密藏以示彦。彦见之，抱母恸哭，绝（死亡）而复苏。母目豁然即开，于此遂愈。

蚺蛇胆

颜含字弘都，次嫂樊氏因疾失明。医人疏方（开药方），须蚺蛇胆，而寻求备至，无由得之。含忧叹累时。尝昼独坐，忽有一青衣童子，年可十三四，持一青囊授含。含开视，乃蛇胆也。童子逡巡（倒退而行，恭顺的样子）出户，化成青鸟飞去。得胆，药成，嫂病即愈。

郭巨埋儿

郭巨，隆虑人也，一云河内温人。兄弟三人，早丧父，礼毕，二弟求分。以钱二千万，二弟各取千万。巨独与母居客舍，夫妇佣赁以给供养。居有顷，妻产男。巨念与儿妨事亲，一也；老人得食，喜分儿孙，减馔，二也。乃于野凿地，欲埋儿。得石盖，下有黄金一釜，中有丹书，曰："孝子郭巨，黄金一釜，以用赐汝。"于是名振天下。

刘殷居丧

新兴刘殷，字长盛，七岁丧父，哀毁过礼，服丧三年，未尝见齿。事曾祖母王氏，尝夜梦人谓之曰："西篱下有粟。"寤而掘之，得粟十五钟（古代的容量单位）。铭曰："七年粟百石，以赐孝子刘殷。"自是食之，七岁方尽。及王氏卒，夫妇毁瘠，几至灭性。时柩在殡，而西邻失火，风势甚猛，殷夫妇叩殡号哭，火遂灭。后有二白鸠来巢其树庭。

杨伯雍种玉

杨公伯雍，雒阳县人也。本以侩（牙侩，旧时买卖的居间人）卖为业，性笃孝。父母亡，葬无终山，遂家焉。山高八十里，上无水，公汲水，作义浆于坂头，行者皆饮之。三年，有一人就饮，以一斗石子与之，使至高平好地有石处种之，云："玉当生其中。"杨公未娶，又语云："汝后当得好妇。"语毕不见。乃种其石。数岁，时时往视，见玉子生石上，人莫知也。有徐氏者，右北平著姓，女甚有行，时人求，多不许。公乃试求徐氏，徐氏笑以为狂，因戏云："得白璧一双来，当听为婚。"公至所种玉田中，得白璧五双，以聘。徐氏大惊，遂以女妻公。天子闻而异之，拜为大夫。乃于种玉处，四角作大石柱，各一丈，中央一顷地名曰"玉田"。

衡农梦虎啮足

衡农字剽卿，东平人也。少孤，事继母至孝。常宿于他舍，值雷风，频梦虎啮其足。农呼妻相出于庭，叩头三下。屋忽然而坏，压死者三十余人，唯农夫妻获免。

罗威为母温席

罗威字德仁，八岁丧父，事母性至孝。母年七十，天大寒，常以身自温席而后授其处。

王裒守墓

王裒字伟元，城阳营陵人也。父仪，为文帝（即司马昭。司马炎称帝后追尊其为晋文帝）所杀。裒庐于墓侧，旦夕常至墓所拜跪，攀柏悲号，涕泣着树，树为之枯。母性畏雷，母没，每雷，辄到墓曰：“裒在此。”

白鸠郎

郑弘迁临淮太守。郡民徐宪在丧致哀，有白鸠巢户侧。弘举为孝廉，朝廷称为“白鸠郎”。

东海孝妇

汉时，东海孝妇养姑甚谨。姑曰：“妇养我勤苦。我已老，何惜余年，久累年少。”遂自缢死。其女告官云：“妇杀我母。”官收系之，拷掠毒治。孝妇不堪苦楚，自诬服之。时于公为狱吏，曰：“此妇养姑十余年，以孝闻彻，必不杀也。”太守不听。于公争不得理，抱其狱词哭于府而去。自后郡中枯旱，三年不雨。后太守至，于公曰："孝妇不当死，前太守枉杀之，咎当在此。"太守即时身祭孝妇冢，因表其墓。天立雨，岁大熟。长老传云："孝妇名周青。青将死，车载十丈竹竿，以悬五旛（音fān，长幅下垂的旗）。立誓于众曰：'青若有罪，愿杀，血当顺下；青若枉死，血当逆流。'既行刑已，其血青黄，缘旛竹而上，极标，又缘旛而下云。"

犍为孝女

犍为叔先泥和，其女名雄。永建三年，泥和为县功曹，县长赵祉遣泥和拜檄谒巴郡太守。以十月乘船，于城湍堕水死，尸丧不得。雄哀恸号咷，命不图存，告弟贤及夫人，令勤觅父尸，若求不得，"吾欲自沉觅之"。时雄年二十七，有子男贡，年五岁，贳，年三岁。乃各作绣香囊一枚，盛以金珠环，预婴二子。哀号之声，不绝于口，昆族私忧。至十二月十五日，父丧不得。雄乘小船于父堕处，哭泣数声，竟自投水中，旋流没底。见梦告弟云："至二十一日，与父俱出。"至期，如梦，与父相持并浮出江。县长表言，郡太守肃登承上尚书，乃遣户曹掾为雄立碑，图象其形，令知至孝。

乐羊子妻

河南乐羊子之妻者，不知何氏之女也。躬勤养姑。尝有他舍鸡谬入园中，姑盗杀而食之。妻对鸡不食而泣。姑怪问其故，妻曰：“自伤居贫，使食有他肉。”姑竟弃之。后盗有欲犯之者，乃先劫其姑，妻闻，操刀而出。盗曰：“释汝刀。从我者可全；不从我者，则杀汝姑。”妻仰天而叹，刎颈而死。盗亦不杀姑。太守闻之，捕杀盗贼，赐妻缣帛，以礼葬之。

庾衮侍兄

庾衮字叔褒。咸宁中大疫，二兄俱亡，次兄毗复殆。疠（疾病）气方盛，父母诸弟皆出次于外，衮独留不去。诸父兄强之，乃曰：“衮性不畏病。”遂亲自扶持，昼夜不眠。间复抚柩哀临不辍。如此十余旬，疫势既退，家人乃返。毗病得差，衮亦无恙。

相思树

宋康王舍人韩凭娶妻何氏，美，康王夺之。凭怨，王囚之，论为城旦。妻密遗凭书，缪其辞曰：“其雨淫淫，河大水深，日出当心。”既而王得其书，以示左右，左右莫解其意。臣苏贺对曰：“其雨淫淫，言愁且思也。河大水深，不得往来也。日出当心，心有死志也。”俄而凭乃自杀。其妻乃阴腐其衣。王与之登台，妻遂自投台，左右揽之，衣不中手而死。遗书于带曰：“王利其生，妾利其死。愿以尸骨，赐凭合葬。”王怒，弗听。使里人埋之，冢相望也。王曰：“尔夫妇相爱不已，若能使冢合，则吾弗阻也。”

宿昔之间，便有大梓木，生于二冢之端，旬日而大盈抱，屈体相就，根交于下，枝错于上。又有鸳鸯，雌雄各一，恒栖树上，晨夕不去，交颈悲鸣，音声感人。宋人哀之，遂号其木曰“相思树”。“相思”之名，起于此也。南人谓此禽即韩凭夫妇之精魂。今睢阳有韩凭城，其歌谣至今犹存。

饮水生儿

汉末，零阳郡太守史满有女，悦门下书佐，乃密使侍婢取书佐盥手残水饮之，遂有妊。已而生子，至能行，太守令抱儿出，使求其父。儿匍匐直入书佐怀中，书佐推之，仆地，化为水。穷问之，具省前事。遂以女妻书佐。

望夫冈

鄱阳西有望夫冈。昔县人陈明与梅氏为婚，未成，而妖魅诈迎妇去。明诣卜者，决云：“行西北五十里求之。”明如言，见一大穴，深邃无底。以绳悬入，遂得其妇。乃令妇先出，而明所将邻人秦文，遂不取明。其妇乃自誓执志，登此冈首而望其夫，因以名焉。

邓元义妻更嫁

后汉南康邓元义，父伯考，为尚书仆射。元义还乡里，妻留事姑，甚谨。姑憎之，幽闭空室，节其饮食，羸露，日困，终无怨言。时伯考怪而问之，元义子朗，时方数岁，言："母不病，但苦饥耳。"伯考流涕曰："何意亲姑反为此祸！"遣归家，更嫁为华仲妻。仲为将作大匠，妻乘朝车出，元义于路旁观之，谓人曰："此我故妇，非有他过，家夫人遇之实酷，本自相贵。"其子朗，时为郎，母与书，皆不答，与衣裳，辄以烧之。母不以介意。母欲见之，乃至亲家李氏堂上，令人以他词请朗。朗至，见母，再拜涕泣，因起出。母追谓之曰："我几死。自为汝家所弃，我何罪过，乃如此耶？"因此遂绝。

严遵破案

严遵为扬州刺史，行部，闻道傍女子哭声不哀。问所哭者谁，对云："夫遭烧死。"遵敕吏舁（音yú，抬）尸到，与语讫，语吏云："死人自道不烧死。"乃摄女，令人守尸，云："当有枉。"吏曰："有蝇聚头所。"遵令披视，得铁锥贯顶。考问，以淫杀夫。

死友

汉范式，字巨卿，山阳金乡人也，一名氾。与汝南张劭为友，劭字元伯。二人并游太学，后告归乡里，式谓元伯曰："后二年，当还。将过拜尊亲，见孺子焉。"乃共克期日。后期方至，元伯具以白母，请设馔以候之。母曰："二年之别，千里结言，尔何相信之审耶？”曰：“巨卿信士，必不乖违。”母曰：“若然，当为尔酝酒。”至期，果到。升堂拜饮，尽欢而别。后元伯寝疾，甚笃，同郡郅君章、殷子征晨夜省视之。元伯临终叹曰：“恨不见我死友。”子征曰：“吾与君章尽心于子，是非死友，复欲谁求？”元伯曰：“若二子者，吾生友耳。山阳范巨卿，所谓死友也。”寻而卒。式忽梦见元伯，玄冕垂缨，屣履而呼曰：“巨卿，吾以某日死，当以尔时葬。永归黄泉。子未忘我，岂能相及？”式怳然觉悟，悲叹泣下，便服朋友之服，投其葬日，驰往赴之。未及到而丧已发引。既至圹（音kuàng，墓穴），将窆（音biǎn，将棺木葬入墓穴），而柩不肯进。其母抚之曰：“元伯，岂有望耶？”遂停柩。移时，乃见素车白马，号哭而来。其母望之，曰：“是必范巨卿也。”既至，叩丧言曰：“行矣元伯！死生异路，永从此辞。”会葬者千人，咸为挥涕。式因执绋而引柩，于是乃前。式遂留止冢次，为修坟树，然后乃去。

卷十二

论五气变化

天有五气，万物化成。木清则仁，火清则礼，金清则义，水清则智，土清则思，五气尽纯，圣德备也。木浊则弱，火浊则淫，金浊则暴，水浊则贪，土浊则顽，五气尽浊，民之下也。中土多圣人，和气所交也。绝域多怪物，异气所产也。苟禀此气，必有此形；苟有此形，必生此性。故食谷者智慧而文，食草者多力而愚，食桑者有丝而蛾，食肉者勇憸（音xiàn，气势强盛）而悍，食土者无心而不息，食气者神明而长寿，不食者不死而神。大腰无雄，细腰无雌。无雄外接，无雌外育。三化之虫（三化指变化三次，三化之虫指蚕），先孕后交；兼爱之兽（《山海经》中记载的一种叫"类"的兽，一身而具备雌雄二性，吃了它就不会妒忌，故称兼爱之兽），自为牝牡（鸟兽的雌性和雄性，牝音pìn）。寄生因夫高木，女萝托乎茯苓。木株于土，萍植于水。鸟排虚而飞，兽蹠（音zhí，脚掌）实而走，虫土闭而蛰，鱼渊潜而处。本乎天者亲上，本乎地者亲下，本乎时者亲旁，各从其类也。千岁之雉，入海为蜃（音shèn，大蛤）；百年之雀，入海为蛤；千岁龟鼋（音yuán，大鳖。俗称癞头鼋），能与人语；千岁之狐，起为美女；千岁之蛇，断而复续；百年之鼠，而能相卜。数之至也。春分之日，鹰变为鸠；秋分之日，鸠变为鹰。时之化也。故腐草之为萤也，朽苇之为蛬（音qióng，蟋蟀）也，稻之为蛩（音jiā，米中的小黑虫）也，麦之为蝴蝶也，羽翼生焉，眼目成焉，心智在焉。此自无知化为有知而气易也。隺（音hè，同"鹤"）之为獐也，蛇之为鳖也，蛬之为虾也，不失其血气，而形性变也。若此之类，不可胜论。应变而动，是为顺常；苟错其方，则为妖眚（音shěng，灾异）。故下体生于上，上体生于下，气之反者也。人生兽，兽生人，气之乱者也。男化为女，女化为男，气之贸者也。鲁牛哀得疾，七日化而为虎，形体变易，爪牙施张。其兄启户而入，搏而食之。方其为人，不知其将为虎也；方有为虎，不知其常为人也。故晋太康中，陈留阮士瑀伤于虺（音huǐ，古称蝮蛇一类的毒蛇），不忍其痛，数嗅其疮，已而双虺成于鼻中。元康中，历阳纪元载客食道龟，已而成瘕（音jiǎ，腹中结块而形成的病），医以药攻之，下龟子数升，大如小钱，头足咸备，文甲皆具，惟中药已死。夫妻非化育之气，鼻非胎孕之所，享道（消化道）非下物之具。从此观之，万物之生死也，与其变化也，非通神之思，虽求诸己，恶识所自来？然朽草之为萤，由乎腐也；麦之为蝴蝶，由乎湿也。尔则万物之变，皆有由也。农夫止麦之化者，沤（瘗埋堆积）之以灰；圣人理万物之化者，济之以道。其与不然乎？

土中贲羊

季桓子穿井，获如土缶，其中有羊焉。使问之仲尼，曰："吾穿井而获狗，何耶？"仲尼曰："以丘所闻，羊也。丘闻之：木石之怪夔、蝄蜽（古代传说中的山川精怪），水中之怪龙、罔象（古代传说中的水怪），土中之怪曰贲羊（传说中的土中怪兽，贲音fén）。"《夏鼎志》曰："罔象如三岁儿，赤目，黑色，大耳，长臂，赤爪。索缚，则可得食。"王子曰："木精为游光，金精为清明也。"

地中犀犬

晋惠帝元康中，吴郡娄县怀瑶家忽闻地中有犬声隐隐。视声发处，上有小窍，大如螾（音yǐn，蚯蚓。后多作“蚓”）穴。瑶以杖刺之，入数尺，觉有物。乃掘视之，得犬子，雌雄各一，目犹未开，形大于常犬。哺之，而食。左右咸往观焉。长老或云：“此名犀犬，得之者，令家富昌。宜当养之。”以目未开，还置窍中，覆以磨砻（音lóng，磨石）。宿昔发视，左右无孔，遂失所在。瑶家积年无他祸福。

至太兴中，吴郡太守张懋，闻斋内床下犬声，求而不得。既而地坼（音chè，裂开），有二犬子。取而养之，皆死。其后懋为吴兴兵沈充所杀。《尸子》曰：“地中有犬，名曰地狼；有人，名曰无伤。”《夏鼎志》曰：“掘地而得狗，名曰贾；掘地而得豚，名曰邪；掘地而得人，名曰聚。”聚，无伤也。此物之自然，无谓鬼神而怪之。然则贾与地狼名异，其实一物也。《淮南万毕》曰：“千岁羊肝，化为地宰；蟾蜍得苽（音gū，同“菰”。一种菌类植物），卒时为鹑。”此皆因气化以相感而成也。

山精傒囊

吴诸葛恪为丹阳太守，尝出猎，两山之间，有物如小儿，伸手欲引人。恪令伸之，乃引去故地。去故地，即死。既而参佐问其故，以为神明。恪曰：“此事在《白泽图》内，曰：‘两山之间，其精如小儿，见人，则伸手欲引人，名曰傒囊。引去故地，则死。’无谓神明而异之，诸君偶未见耳。”

池阳小人庆忌

王莽建国四年，池阳有小人景，长一尺余，或乘车，或步行，操持万物，大小各自相称，三日乃止。莽甚恶之。自后盗贼日甚，莽竟被杀。《管子》曰：“涸泽数百岁，谷之不徙，水之不绝者，生庆忌。庆忌者，其状若人，其长四寸，衣黄衣，冠黄冠，戴黄盖，乘小马，好疾驰。以其名呼之，可使千里外一日反报。”然池阳之景者，或庆忌也乎？又曰：“涸小水精生蚳（音chí，传说中的一种水中动物）。蚳者，一头而两身，其状若蛇，长八尺。以其名呼之，可使取鱼鳖。”

霹雳落地

晋扶风杨道和，夏于田中，值雨，至桑树下，霹雳下击之，道和以锄格，折其股，遂落地，不得去。唇如丹，目如镜，毛角长三寸余，状似六畜，头似猕猴。

落头民

秦时南方有落头民，其头能飞。其种人部有祭祀，号曰“虫落”，故因取名焉。吴时，将军朱桓得一婢，每夜卧后，头辄飞去。或从狗窦（音dòu，孔穴，洞），或从天窗中出入，以耳为翼。将晓，复还。数数如此，傍人怪之，夜中照视，唯有身无头，其体微冷，气息裁属（形容气息极其微弱）。乃蒙之以被。至晓，头还，碍被不得安，两三度堕地，噫咤甚愁，体气甚急，状若将死。乃去被，头复起傅颈。有顷，和平。桓以为大怪，畏不敢畜，乃放遣之。既而详之，乃知天性也。时南征大将，亦往往得之。又尝有覆以铜盘者，头不得进，遂死。

貙人化虎

江汉之域，有貙人。其先，禀君之苗裔也，能化为虎。长沙所属蛮县东高居民，曾作槛捕虎。槛发，明日众人共往格之，见一亭长，赤帻，大冠，在槛中坐。因问："君何以入此中？"亭长大怒曰："昨忽被县召，夜避雨，遂误入此中。急出我。"曰："君见召，不当有文书耶？"即出怀中召文书。于是即出之。寻视，乃化为虎，上山走。或云："貙虎化为人，好着紫葛衣，其足无踵（脚后跟）。虎有五指者，皆是貙。"

猳国马化

蜀中西南高山之上，有物与猴相类，长七尺，能作人行，善走逐人，名曰猳国（一种猴类动物，猳音jiā），一名马化，或曰玃猿。伺道行妇女有美者，辄盗取将去，人不得知。若有行人经过其旁，皆以长绳相引，犹故不免。此物能别男女气臭，故取女，男不取也。若取得人女，则为家室。其无子者，终身不得还。十年之后，形皆类之，意亦迷惑，不复思归。若有子者，辄抱送还其家，产子皆如人形。有不养者，其母辄死。故惧怕之，无敢不养。及长，与人不异。皆以杨为姓。故今蜀中西南多诸杨，率皆是猳国马化之子孙也。

临川刀劳鬼

临川间诸山有妖物，来常因大风雨，有声如啸，能射人，其所著者如蹄，有顷便肿。大毒，有雌雄，雄急而雌缓。急者不过半日间，缓者经宿。其旁人常有以救之，救之少迟，则死。俗名曰刀劳鬼。故外书云："鬼神者，其祸福发扬之验于世者也。"《老子》曰："昔之得一者：天得一以清，地得一以宁，神得一以灵，谷得一以盈，侯王得一以为天下贞。"然则天地鬼神，与我并生者也。气分则性异，域别则形殊，莫能相兼也。生者主阳，死者主阴，性之所托，各安其生。太阴之中，怪物存焉。

越地冶鸟

越地深山中有鸟，大如鸠，青色，名曰冶鸟。穿大树，作巢，如五六升器，户口径数寸，周饰以土垩（能"垩"。白色泥土），赤白相分，状如射侯（箭靶）。伐木者见此树，即避之去。或夜冥不见鸟，鸟亦知人不见，便鸣唤曰：“咄，咄，上去！”明日便宜急上。“咄，咄，下去！”明日便宜急下。若不使去，但言笑而不已者，人可止伐也。若有秽恶及其所止者，则有虎通夕来守，人不去，便伤害人。此鸟，白日见其形，是鸟也；夜听其鸣，亦鸟也。时有观乐者，便作人形，长三尺，至涧中取石蟹，就火炙之，人不可犯也。越人谓此鸟是越祝之祖也。

南海鲛人

南海之外有鲛人，水居如鱼，不废织绩（织布与缉麻）。其眼泣则能出珠。

大青小青

庐江眖、枞阳二县境上，有大青、小青居山野之中。时闻哭声，多者至数十人，男女大小，如始丧者。邻人惊骇，至彼奔赴，常不见人。然于哭地，必有死丧。率（语首助词，无实义）声若多则为大家，声若小则为小家。

庐江山都

庐陵大山之间，有山都，似人，裸身，见人便走。有男女，可长四五丈，能啸相唤。常在幽昧之中，似魑魅鬼物。

江中蜮

汉中平中，有物处于江水，其名曰蜮，一曰短狐，能含沙射人。所中者，则身体筋急，头痛，发热，剧者至死。江人以术方抑之，则得沙石于肉中。《诗》所谓“为鬼为蜮，则不可测”也。今俗谓之溪毒。先儒以为男女同川而浴，淫女为主，乱气所生也。

禁水鬼弹

汉永昌郡不韦县有禁水，水有毒气，唯十一月，十二月差可渡涉。自正月至十月不可渡，渡辄病，杀人。其气中有恶物，不见其形，其作有声，如有所投击。中木则折，中人则害。土俗号为鬼弹。故郡有罪人，徙之禁旁，不过十日皆死。

蘘荷根攻蛊

余外妇姊夫蒋士，有佣客得疾下血。医以中蛊（音gǔ，传说中人工培养的毒虫），乃密以蘘荷根布席下，不使知。乃狂言曰：“食我蛊者，乃张小小也。”乃呼：“小小亡去。”今世攻蛊，多用蘘荷根，往往验。蘘荷，或谓嘉草。

鄱阳犬蛊

鄱阳赵寿，有犬蛊。时陈岑诣寿，忽有大黄犬六七，群出吠岑。后余相伯妇与寿妇食，吐血，几死，乃屑（研成碎末）桔梗以饮之而愈。蛊有怪物，若鬼，其妖形变化杂类殊种，或为狗豕，或为虫蛇。其人不自知其形状，行之于百姓，所中皆死。

营阳蛇蛊

营阳郡有一家，姓廖，累世为蛊，以此致富。后取新妇，不以此语之。遇家人咸出，唯此妇守舍。忽见屋中有大缸，妇试发之，见有大蛇，妇乃作汤灌杀之。及家人归，妇具白其事，举家惊惋。未几，其家疾疫，死亡略尽。

卷十三

澧泉

泰山之东有澧泉，其形如井，本体是石也。欲取饮者，皆洗心志，跪而挹之，则泉出如飞，多少足用。若或污漫，则泉止焉。盖神明之尝志者也。

巨灵劈华山

二华之山，本一山也。当河，河水过之而曲行。河神巨灵，以手擘开其上，以足蹈离其下，中分为两，以利河流。今观手迹于华岳上，指掌之形具在。脚迹在首阳山下，至今犹存。故张衡作《西京赋》所称“巨灵赑屃（音bì xì，壮猛有力貌），高掌远迹，以流河曲”，是也。

霍山镬

汉武徙南岳之祭于庐江灊县（古县名，灊音qián）霍山之上，无水。庙有四镬（无足鼎。古时煮肉及鱼、腊之器），可受四十斛。至祭时，水辄自满，用之足了，事毕即空。尘土树叶，莫之污也。积五十岁，岁作四祭。后但作三祭，一镬自败。

樊山火

樊口之东有樊山，若天旱，以火烧山，即至大雨。今往往有验。

孔窦泉

空桑之地，今名为孔窦，在鲁南山之穴。外有双石，如桓楹（宋以后称为华表）起立，高数丈。鲁人弦歌祭祀。穴中无水，每当祭时，洒扫以告，辄有清泉自石间出，足以周事。既已，泉亦止。其验至今存焉。

湘穴

湘穴中有黑土，岁大旱，人则共壅水以塞此穴，穴淹，则大雨立至。

龟化城

秦惠王二十七年，使张仪筑成都城，屡颓。忽有大龟浮于江，至东子城东南隅而毙。仪以问巫，巫曰："依龟筑之。"便就。故名龟化城。

城沦为湖

由拳县，秦时长水县也。始皇时童谣曰："城门有血，城当陷没为湖。"有妪闻之，朝朝往窥。门将欲缚之，妪言其故。后门将以犬血涂门，妪见血，便走去。忽有大水欲没县。主簿令干入白令。令曰："何忽作鱼？"干曰："明府亦作鱼。"遂沦为湖。

马邑

秦时，筑城于武周塞内，以备胡，城将成而崩者数焉。有马驰走，周旋反复。父老异之，因依马迹以筑城，城乃不崩，遂名马邑。其故城今在朔州。

天地劫灰

汉武帝凿昆明池，极深，悉是灰墨，无复土。举朝不解，以问东方朔。朔曰："臣愚不足以知之。可试问西域人。"帝以朔不知，难以移问。至后汉明帝时，西域道人入来洛阳。时有忆方朔言者，乃试以武帝时灰墨问之。道人云："经云：'天地大劫将尽，则劫烧。'此劫烧之余也。"乃知朔言有旨。

丹砂井

临沅县有廖氏，世老寿。后移居，子孙辄残折。他人居其故宅，复累世寿。乃知是宅所为，不知何故。疑井水赤，乃掘井左右，得古人埋丹砂数十斛。丹汁入井，是以饮水而得寿。

江东余腹

江东名余腹者。昔吴王阖闾江行，食脍，有余，因弃中流，悉化为鱼。今鱼中有名吴王脍余者，长数寸，大者如箸，犹有脍形。

蟛螆长卿

蟛螆（音péng yuè，也写作蟛蚏。蟹的一种），蟹也。尝通梦于人，自称“长卿”。今临海人多以“长卿”呼之。

青蚨还钱

南方有虫，名嫩蜗（音dūn yú），一名蝍蠋（音zéi zhú），又名青蚨（音fú）。形似蝉而稍大，味辛美，可食。生子必依草叶，大如蚕子，取其子，母即飞来，不以远近。虽潜取其子，母必知处。以母血涂钱八十一文，以子血涂钱八十一文，每市物，或先用母钱，或先用子钱，皆复飞归，轮转无已。故《淮南子术》以之还钱，名曰“青蚨”。

蜾蠃育子

土蜂名曰蜾蠃，今世谓蚓蠮，细腰之类。其为物雄而无雌，不交不产，常取桑虫或阜螽子育之，则皆化成己子。亦或谓之螟蛉（螟蛾的幼虫）。《诗》曰：“螟蛉有子，果蠃负之。”是也。

木蠹

木蠹（音dù，蛀蚀）生虫，羽化为蝶。

刺猬

猬多刺，故不便超逾杨柳。

火浣布

昆仑之墟，地首也。是惟帝之下都，故其外绝以弱水之深，又环以炎火之山。山上有鸟兽草木，皆生育滋长于炎火之中，故有火浣布（石棉布）。非此山草木之皮枲（音xǐ，大麻的雄株），则其鸟兽之毛也。汉世西域旧献此布，中间久绝。至魏初时，人疑其无有。文帝以为火性酷裂，无含生之气，著之《典论》，明其不然之事，绝智者之听。及明帝立，诏三公曰：“先帝昔著《典论》，不朽之格言。其刊石于庙门之外及太学，与石经并，以永示来世。”至是，西域使人献火浣布袈裟，于是刊灭此论，而天下笑之。

金燧

夫金之性一也，以五月丙午日中铸为阳燧（古代利用日光取火的凹面铜镜），以十一月壬子夜半铸为阴燧（古时月夜承接露水的盘子）。（言丙午日铸为阳燧，可取火；壬子夜铸为阴燧，可取水也。）

焦尾琴

汉灵帝时，陈留蔡邕以数上书陈奏，忤上旨意，又内宠恶之，虑不免，乃亡命江海，远迹吴会。至吴，吴人有烧桐以爨（音cuàn，烧火煮饭）者，邕闻火烈声，曰：“此良材也。”因请之，削以为琴，果有美音。而其尾焦，因名焦尾琴。

柯亭竹

蔡邕尝至柯亭，以竹为椽。邕仰眄之，曰：“良竹也。”取以为笛，发声辽亮。

一云：邕告吴人曰：“吾昔尝经会稽高迁亭，见屋东间第十六竹椽，可为笛。取用，果有异声。”

卷十四

蒙双氏

昔高阳氏，有同产而为夫妇，帝放之于崆峒之野。相抱而死。神鸟以不死草覆之，七年，男女同体而生。二头，四手足，是为蒙双氏。

狗祖盘瓠

高辛氏，有老妇人，居于王宫，得耳疾历时。医为挑治，出顶虫（古代传说中生于头颅的虫），大如茧。妇人去后，置以瓠蓠（音lí），覆之以盘，俄尔顶虫乃化为犬，其文五色，因名盘瓠，遂畜之。时戎吴强盛，数侵边境，遣将征讨，不能擒胜。乃募天下有能得戎吴将军首者，购金千斤，封邑万户，又赐以少女。后盘瓠衔得一头，将造王阙。王诊视之，即是戎吴。为之奈何？群臣皆曰："盘瓠是畜，不可官秩，又不可妻。虽有功，无施也。"少女闻之，启王曰："大王既以我许天下矣。盘瓠衔首而来，为国除害，此天命使然，岂狗之智力哉。王者重言，伯者重信，不可以女子微躯，而负明约于天下，国之祸也。"王惧而从之，令少女从盘瓠。盘瓠将女上南山，草木茂盛，无人行迹。于是女解去衣裳，为仆竖之结（通"髻"），着独力之衣，随盘瓠升山，入谷，止于石室之中。王悲思之，遣往视觅，天辄风雨，岭震云晦，往者莫至。盖经三年，产六男，六女。盘瓠死后，自相配偶，因为夫妇。织绩木皮，染以草实。好五色衣服，裁制皆有尾形。后母归，以语王，王遣使迎诸男女，天不复雨。衣服褊裢，言语侏儷，饮食蹲踞，好山恶都。王顺其意，赐以名山广泽，号曰蛮夷。蛮夷者，外痴内黠，安土重旧，以其受异气于天命，故待以不常之律。田作贾贩，无关繻、符传、租税之赋，有邑，君长皆赐印绶。冠用獭皮，取其游食于水。今即梁、汉、巴、蜀、武陵、长沙、庐江郡夷是也。用糁杂鱼肉，叩槽而号，以祭盘瓠，其俗至今。故世称："赤髀，横裙，盘瓠子孙。"

夫馀王

槁离国王侍婢有娠，王欲杀之。婢曰："有气如鸡子，从天来下，故我有娠。"后生子，捐之猪圈中，猪以喙嘘之；徙至马枥中，马复以气嘘之；故得不死。王疑以为天子也，乃令其母收畜之，名曰东明。常令牧马。东明善射，王恐其夺己国也，欲杀之。东明走，南至掩施水，以弓击水，鱼鳖浮为桥，东明得渡。鱼鳖解散，追兵不得渡。因都王夫馀。

鹄苍衔卵

古徐国宫人娠而生卵，以为不祥，弃之水滨。有犬，名鹄苍，衔卵以归，遂生儿，为徐嗣君。后鹄苍临死，生角而九尾，实黄龙也。葬之徐里中。见有狗垄在焉。

谷乌菟

斗伯比（春秋时楚人，楚君若敖之子）父早亡，随母归在舅姑之家。后长大，乃奸妘子（即妘国国君）之女，生子文。其妘子妻耻女不嫁而生子。乃弃于山中。妘子游猎，见虎乳一小儿，归与妻言，妻曰："此是我女与伯比私通生此小儿。我耻之，送于山中。"妘子乃迎归养之，配其女与伯比。楚人因呼子文为谷乌菟。仕至楚相也。

齐顷公无野

齐惠公之妾萧同叔子见御有身，以其贱，不敢言也。取薪而生顷公于野，又不敢举也。有狸乳而鹯（音zhān，猛禽名）覆之。人见而收，因名曰无野。是为顷公。

羌豪袁钏

袁钏者，羌豪也。秦时拘执为奴隶，后得亡去。秦人追之急迫，藏于穴中。秦人焚之，有景相（即景象）如虎来为蔽，故得不死。诸羌神之，推以为君。其后种落炽盛。

窦氏蛇

后汉定襄太守窦奉妻生子武，并生一蛇。奉送蛇于野中。及武长大，有海内俊名。母死，将葬，未窆（音biǎn，泛指埋葬），宾客聚集，有大蛇从林草中出，径来棺下，委地俯仰，以头击棺，血涕并流，状若哀恸（悲痛至极，恸音tòng），有顷而去。时人知为窦氏之祥。

金龙池

晋怀帝永嘉中，有韩媪者，于野中见巨卵。持归育之，得婴儿，字曰撅儿。方四岁，刘渊筑平阳城，不就，募能城者。撅儿应募。因变为蛇，令媪遗灰志其后。谓媪曰：“凭灰筑城，城可立就。”竟如所言。渊怪之，遂投入山穴间，露尾数寸，使者斩之，忽有泉出穴中，汇为池，因名金龙池。

羽衣人

元帝永昌中，暨阳人任谷因耕息于树下，忽有一人着羽衣就淫之。既而不知所在。谷遂有妊。积月，将产，羽衣人复来，以刀穿其阴下，出一蛇子便去。谷遂成宦者，诣阙自陈，留于宫中。

马皮蚕女

旧说太古之时，有大人远征，家无余人，唯有一女。牡马一匹，女亲养之。穷居幽处，思念其父，乃戏马曰：“尔能为我迎得父还，吾将嫁汝。”马既承此言，乃绝缰而去，径至父所。父见马，惊喜，因取而乘之。马望所自来，悲鸣不已。父曰：“此马无事如此，我家得无有故乎！”亟乘以归。为畜生有非常之情，故厚加刍养。马不肯食，每见女出入，辄喜怒奋击。如此非一。父怪之，密以问女，女具以告父，必为是故。父曰：“勿言，恐辱家门。且莫出入。”于是伏弩射杀之，暴皮于庭。父行，女以邻女于皮所戏，以足蹙（音cù，通“蹴”）之曰：“汝是畜生，而欲取人为妇耶？招此屠剥，如何自苦？”言未及竟，马皮蹶然而起，卷女以行。邻女忙怕，不敢救之，走告其父。父还求索，已出失之。后经数日，得于大树枝间。女及马皮，尽化为蚕，而绩于树上。其茧纶理厚大，异于常蚕。邻妇取而养之，其收数倍。因名其树曰桑。桑者，丧也。由斯百姓竞种之，今世所养是也。言桑蚕者，是古蚕之余类也。案《天官》，辰为马星。《蚕书》曰：“月当大火，则浴其种。”是蚕与马同气也。《周礼》马质职掌“禁原蚕者”注云：“物莫能两大。禁原蚕者，为其伤马也。”汉礼，皇后亲采桑，祀蚕神，曰“菀窳妇人，寓氏公主”。公主者，女之尊称也。菀窳妇人，先蚕者也。故今世或谓蚕为女儿者，是古之遗言也。

嫦娥奔月

羿请无死之药于西王母，嫦娥窃之以奔月。将往，枚筮之于有黄。有黄占之曰：“吉。翩翩归妹，独将西行。逢天晦芒，毋恐毋惊，后且大昌。”嫦娥遂托身于月，是为蟾蠩（即蟾蜍）。

帝女化草

舌埵山，帝之女死，化为怪草，其叶郁茂，其华黄色，其实如兔丝。故服怪草者，恒媚于人焉。

兰岩双鹤

荥阳县南百余里，有兰岩山，峭拔千丈。常有双鹤，素羽皦（音jiǎo，光亮洁白）然，日夕偶影翔集。相传云："昔有夫妇隐此山，数百年，化为双鹤，不绝往来。忽一旦，一鹤为人所害，其一鹤岁常哀鸣。至今响动岩谷，莫知其年岁也。"

羽衣女

豫章新喻县男子，见田中有六七女，皆衣毛衣，不知是鸟。匍匐往，得其一女所解毛衣，取藏之，即往就诸鸟。诸鸟各飞去，一鸟独不得去。男子取以为妇，生三女。其母后使女问父，知衣在积稻下，得之，衣而飞去。后复以迎三女，女亦得飞去。

黄母化鼋

汉灵帝时，江夏黄氏之母浴盘水中，久而不起，变为鼋矣。婢惊走告。比家人来，鼋转入深渊。其后时时出见。初浴，簪一银钗，犹在其首。于是黄氏累世不敢食鼋肉。

宋母化鳖

魏黄初中，清河宋士宗母，夏天于浴室里浴，遣家中大小悉出，独在室中。良久，家人不解其意，于壁穿中窥之。不见人体，见盆水中有一大鳖。遂开户，大小悉入，了不与人相承。尝先着银钗，犹在头上。相与守之啼泣，无可奈何。意欲求去，永不可留。视之积日，转懈。自捉出户外。其去甚驶，逐之不及，遂便入水。后数日，忽还，巡行宅舍如平生，了无所言而去。时人谓士宗应行丧治服，士宗以母形虽变，而生理尚存，竟不治丧。此与江夏黄母相似。

宣母化鼋

吴孙皓宝鼎元年六月晦，丹阳宣骞母，年八十矣，亦因洗浴化为鼋。其状如黄氏。骞兄弟四人闭户卫之，掘堂上作大坎，泻水其中。鼋入坎游戏。一二日间，恒延颈外望。伺户小开，便轮转自跃入于深渊。遂不复还。

老翁作怪

汉献帝建安中，东郡民家有怪：无故，瓮器自发訇訇作声，若有人击；盘案在前，忽然便失；鸡生子，辄失去。如是数岁，人甚恶之。乃多作美食，覆盖，著一室中，阴藏户间窥伺之。果复重来，发声如前。闻，便闭户，周旋室中，了无所见。乃暗以阑杖挝（音zhuā，敲打）之。良久，于室隅间有所中，便闻呻吟之声，曰："唷（音yòu，呻吟声）！唷！宜死。"开户视之，得一老翁，可百余岁，言语了不相当，貌状颇类于兽。遂行推问，乃于数里外得其家，云："失来十余年。"得之哀喜。后岁余，复失之。闻陈留界复有怪如此，时人咸以为此翁。

卷十五

王道平妻

秦始皇时，有王道平，长安人也。少时，与同村人唐叔偕女，小名父喻，容色俱美，誓为夫妇。寻王道平被差征伐，落堕南国，九年不归。父母见女长成，即聘与刘祥为妻。女与道平，言誓甚重，不肯改事。父母逼迫，不免，出嫁刘祥。经三年，忽忽不乐，常思道平，忿怨之深，悒（音yì，忧郁，愁闷）悒而死。死经三年，平还家，乃诘邻人："此女安在？"邻人云："此女意在于君，被父母凌逼，嫁与刘祥。今已死矣。"平问："墓在何处？"邻人引往墓所。平悲号哽咽，三呼女名，绕墓悲苦，不能自止。平乃祝曰："我与汝立誓天地，保其终身。岂料官有牵缠，致令乖隔，使汝父母与刘祥。既不契于初心，生死永诀。然汝有灵圣，使我见汝生平之面。若无神灵，从兹而别。"言讫，又复哀泣。逡巡，其女魂自墓出，问平："何处而来？良久契阔。与君誓为夫妇，以结终身。父母强逼，乃出聘刘祥。已经三年，日夕忆君，结恨致死，乖隔幽途。然念君宿念不忘，再求相慰，妾身未损，可以再生，还为夫妇。且速开冢破棺，出我即活。"平审言，乃启墓门，扪看其女，果活。乃结束随平还家。其夫刘祥闻之，惊怪，申诉于州县。检律断之，无条，乃录状奏王。王断归道平为妻。寿一百三十岁。实谓精诚贯于天地，而获感应如此。

河间女

晋惠帝世，河间郡有男女私悦，许相配适。寻而男从军，积年不归。女家更欲适之，女不愿行，父母逼之，不得已而去，寻病死。其男戍还，问女所在，其家具说之。乃至冢，欲哭之尽哀，而不胜其情，遂发冢，开棺，女即苏活。因负还家，将养数日，平复如初。后夫闻，乃往求之。其人不还，曰："卿妇已死，天下岂闻死人可复活耶？此天赐我，非卿妇也。"于是相讼。郡县不能决，以谳（音yàn，将案情上报，请示）廷尉，秘书郎王导奏："以精诚之至，感于天地，故死而更生。此非常事，不得以常礼断之。请还开冢者。"朝廷从其议。

贾偶

汉献帝建安中，南阳贾偶，字文合，得病而亡。时有吏将诣太山，司命阅簿，谓吏曰："当召某郡文合，何以召此人？可速遣之。"时日暮，遂至郭外树下宿。见一年少女独行，文合问曰："子类衣冠，何乃徒步？姓字为谁？"女曰："某三河人，父见为弋阳令。昨被召来，今却得还。遇日暮，惧获瓜田李下之讥。望君之容，必是贤者，是以停留，依凭左右。"文合曰："悦子之心，愿交欢于今夕。"女曰："闻之诸姑，女子以贞专为德，洁白为称。"文合反复与言，终无动志。天明，各去。文合卒已再宿，停丧将殓，视其面，有色，扪心下，稍温。少顷，却苏。后文合欲验其实，遂至弋阳，修刺谒令，因问曰："君女宁卒而却苏耶？"具说女子姿质服色、言语相反复本末。令入问女，所言皆同。乃大惊叹，竟以此女配文合焉。

李娥

汉建安四年二月，武陵充县妇人李娥，年六十岁，病卒，埋于城外，已十四日。娥比舍有蔡仲，闻娥富，谓殡当有金宝，乃盗发冢求金。以斧剖棺，斧数下，娥于棺中言曰："蔡仲，汝护我头。"仲惊遽，便出走，会为县吏所见，遂收治。依法当弃市。娥儿闻母活，来迎出，将娥回去。武陵太守闻娥死复生，召见，问事状。娥对曰："闻谬为司命所召，到时得遣出。过西门外，适见外兄刘伯文，惊相劳问，涕泣悲哀。娥语曰：'伯文，我一日误为所召，今得遣归，既不知道，不能独行，为我得一伴否？又我见召在此，已十余日，形体又为家人所葬埋，归，当那得自出？'伯文曰：'当为问之。'即遣门卒与户曹相问：'司命一日误召武陵女子李娥，今得遣还。娥在此积日，尸丧又当殡殓，当作何等得出？又女弱，独行，岂当有伴耶？是吾外妹，幸为便安之。'答曰：'今武陵西界，有男子李黑，亦得遣还，便可为伴。兼敕黑过娥比舍蔡仲，发出娥也。'于是娥遂得出，与伯文别，伯文曰：'书一封，以与儿佗。'娥遂与黑俱归。事状如此。"太守闻之，慨然叹曰："天下事真不可知也。"乃表，以为"蔡仲虽发冢，为鬼神所使；虽欲无发，势不得已，宜加宽宥。"诏书报可。太守欲验语虚实，即遣马吏于西界，推问李黑，得之，与黑语协。乃致伯文书与佗，佗识其纸，乃是父亡时送箱中文书也。表文字犹在也，而书不可晓。乃请费长房读之，曰："告佗，我当从府君出案行部，当以八月八日日中时，武陵城南沟水畔顿。汝是时必往。"到期，悉将大小于城南待之。须臾果至。但闻人马隐隐之声，诣沟水，便闻有呼声曰："佗来。汝得我所寄李娥书不耶？"曰："即得之，故来至此。"伯文以次呼家中大小，久之，悲伤断绝，曰："死生异路，不能数得汝消息，吾亡后，儿孙乃尔许大。"良久，谓佗曰："来春大病，与此一丸药，以涂门户，则辟来年妖疠矣。"言讫，忽去，竟不得见其形。至来春，武陵果大病，白日皆见鬼，唯伯文之家，鬼不敢向。费长房视药丸，曰："此方相脑也。"

史姁

汉陈留考城史姁，字威明，年少时，尝病，临死，谓母曰："我死当复生。埋我，以竹杖柱于瘗（音yì，坟墓）上，若杖折，掘出我。"及死埋之，柱如其言。七日往视，杖果折。即掘出之，已活。走至井上，浴，平复如故。后与邻船至下邳卖锄，不时售，云："欲归。"人不信之，曰："何有千里暂得归耶？"答曰："一宿便还。"即书，取报以为验实。一宿便还，果得报。考城令江夏鄳贾和姊病，在乡里，欲急知消息，请往省之。路遥三千，再宿还报。

贺瑀

会稽贺瑀，字彦琚，曾得疾，不知人，惟心下温，死三日，复苏。云："吏人将上天，见官府，入曲房，房中有层架，其上层有印，中层有剑，使瑀惟意所取。而短不及上层，取剑以出。门吏问：'何得？'云：'得剑。'曰：'恨不得印，可策百神，剑惟得使社公耳。'"疾愈，果有鬼来，称社公。

戴洋

戴洋，字国流，吴兴长城人。年十二，病死，五日而苏。说死时，天使其为酒藏吏，授符箓，给吏从幡麾，将上蓬莱、昆仑、积石、太室、庐、衡等山，既而遣归。妙解占候，知吴将亡，托病不仕，还乡里。行至濑乡，经老子祠，皆是洋昔死时所见使处，但不复见昔物耳。因问守藏应凤曰："去二十余年，尝有人乘马东行，经老君祠而不下马，未达桥，坠马死者否？"凤言有之。所问之事，多与洋同。

柳荣张悌

吴临海松阳人柳荣，从吴相张悌至扬州。荣病死船中二日，军士已上岸，无有埋之者。忽然大叫，言："人缚军师！人缚军师！"声甚激扬。遂活。人问之。荣曰："上天北斗门下，卒见人缚张悌，意中大愕，不觉大叫言：‘何以缚军师？’门下人怒荣，叱逐使去。荣便怖惧，口余声发扬耳。”其日，悌即死战。荣至晋元帝时犹存。

马势妇

吴国富阳人马势妇，姓蒋。村人应病死者，蒋辄恍惚熟眠经日，见病人死，然后省觉。觉则具说，家中人不信之。语人云：“某中病，我欲杀之，怒强魂难杀，未即死。我入其家内，架上有白米饭，几种鲑。我暂过灶下戏，婢无故犯我，我打其脊，使婢当时闷绝，久之乃苏。”其兄病，有乌衣人令杀之，向其请乞，终不下手。醒，乃语兄云，“当活”。

颜畿

晋咸宁二年十二月，琅邪颜畿，字世都，得病，就医张瑳使治，死于张家。棺敛已久。家人迎丧，旐每绕树木而不可解。人咸为之感伤。引丧者忽颠仆，称畿言曰：“我寿命未应死，但服药太多，伤我五脏耳。今当复活，慎无葬也。”其父拊而祝之，曰：“若尔有命，当复更生，岂非骨肉所愿？今但欲还家，不尔葬也。”旐乃解。及还家，其妇梦之曰：“吾当复生，可急开棺。”妇便说之。其夕，母及家人又梦之。即欲开棺，而父不听。其弟含，时尚少，乃慨然曰：“非常之事，自古有之。今灵异至此，开棺之痛，孰与不开相负？”父母从之，乃共发棺，果有生验。以手刮棺，指爪尽伤，然气息甚微，存亡不分矣。于是急以绵饮沥口（指以丝棉蘸水往嘴里滴），能咽，遂与出之。将护累月，饮食稍多，能开目视瞻，屈伸手足，不与人相当。不能言语，饮食所须，托之以梦。如此者十余年，家人疲于供护，不复得操事。含乃弃绝人事，躬亲侍养，以知名州党。后更衰劣，卒复还死焉。

羊祜

羊祜年五岁时，令乳母取所弄金镮。乳母曰：“汝先无此物。”祜即诣邻人李氏东垣桑树中探得之。主人惊曰：“此吾亡儿所失物也，云何持去？”乳母具言之，李氏悲惋。时人异之。

西汉宫人

汉末，关中大乱，有发前汉宫人冢者，宫人犹活。既出，平复如旧。魏郭后爱念之，录置宫内，常在左右。问汉时宫中事，说之了了，皆有次绪。郭后崩，哭泣过哀，遂死。

棺中活妇

魏时太原发冢，破棺，棺中有一生妇人。将出与语，生人也。送之京师，问其本事，不知也。视其冢上树木，可三十岁。不知此妇人三十岁常生于地中耶？将一朝欻生，偶与发冢者会也？

杜锡婢

晋世杜锡，字世嘏，冢葬而婢误不得出。后十余年，开冢祔葬（合葬），而婢尚生。云："其始如瞑目，有顷渐觉。"问之，自谓："当一再宿耳。"初婢埋时，年十五六，及开冢后，姿质如故。更生十五六年，嫁之有子。

冯贵人

汉桓帝冯贵人病亡。灵帝时有盗贼发冢。七十余年，颜色如故，但肉小冷。群贼共奸通之，至斗争相杀，然后事觉。后窦太后家被诛，欲以冯贵人配食（祔祭，配享）。下邳陈公达议："以贵人虽是先帝所幸，尸体秽污，不宜配至尊。"乃以窦太后配食。

广陵大冢

吴孙休时，戍将于广陵掘诸冢，取版以治城，所坏甚多。复发一大冢，内有重阁，户扇皆枢转可开闭，四周为徼道（巡逻警戒的道路，徼音jiào），通车，其高可以乘马。又铸铜人数十，长五尺，皆大冠，朱衣，执剑，侍列灵坐。皆刻铜人背后面壁，言殿中将军，或言侍郎、常侍，似公侯之冢。破其棺，棺中有人，发已班白，衣冠鲜明，面体如生人。棺中云母，厚尺许，以白玉璧三十枚藉尸。兵人辈共举出死人，以倚冢壁。有一玉，长尺许，形似冬瓜，从死人怀中透出，堕地。两耳及孔鼻中，皆有黄金，如枣许大。

栾书冢

汉广川王好发冢。发栾书（春秋中期晋国的名将，死后谥为栾武子）冢，其棺柩盟器，悉毁烂无余。唯有一白狐，见人惊走。左右逐之，不得，戟伤其左足。是夕，王梦一丈夫，须眉尽白，来谓王曰："何故伤吾左足？"乃以杖叩王左足。王觉，肿痛，即生疮。至死不差。

卷十六

三疫鬼

昔颛顼氏有三子，死而为疫鬼：一居江水，为疟鬼；一居若水，为魍魉鬼；一居人宫室，善惊人小儿，为小鬼。于是正岁命方相氏帅肆傩以驱疫鬼。

挽歌

挽歌者，丧家之乐，执绋者相和之声也。挽歌辞有“薤（音xiè）露”“蒿里”二章，汉田横门人作。横自杀，门人伤之，悲歌，言：人如薤上露，易晞灭；亦谓人死，精魂归于蒿里（指坟墓）。故有二章。

阮瞻见鬼客

阮瞻字千里，素执无鬼论，物莫能难。每自谓此理足以辨正幽明。忽有客通名诣瞻，寒温（问候冷暖起居）毕，聊谈名理。客甚有才辨，瞻与之言良久，及鬼神之事，反复甚苦。客遂屈，乃作色曰：“鬼神，古今圣贤所共传，君何得独言无？即仆便是鬼。”于是变为异形，须臾消灭。瞻默然，意色太恶。岁余，病卒。

黑衣白袷鬼

吴兴施续为寻阳督，能言论。有门生亦有理意，常秉无鬼论。

忽有一黑衣白袷（音jié）客来，与共语，遂及鬼神。移日，客辞屈，乃曰："君辞巧，理不足。仆即是鬼，何以云无？"问："鬼何以来？"答曰："受使来取君，期尽明日食时。"门生请乞，酸苦。鬼问："有人似君者否？"门生云："施续帐下都督，与仆相似。"便与俱往，与都督对坐。鬼手中出一铁凿，可尺余，安着都督头，便举椎打之。都督云："头觉微痛。"向来转剧，食顷便亡。

蒋济亡儿

蒋济字子通，楚国平阿人也。仕魏，为领军将军。其妇梦见亡儿涕泣曰："死生异路。我生时为卿相子孙，今在地下为泰山伍伯，憔悴困苦，不可复言。今太庙西讴士孙阿见召为泰山令，愿母为白侯，属阿令转我得乐处。"言讫，母忽然惊寤。明日以白济。济曰："梦为虚耳，不足怪也。"日暮，复梦曰："我来迎新君，止在庙下。未发之顷，暂得来归。新君明日日中当发。临发多事，不复得归。永辞于此。侯气强难感悟，故自诉于母，愿重启侯，何惜不一试验之？"遂道阿之形状言甚备悉。天明，母重启济："虽云梦不足怪，此何太适适（明白，清楚。适音dí，通"的"）？亦何惜不一验之？"济乃遣人诣太庙下推问孙阿，果得之，形状证验，悉如儿言。济涕泣曰："几负吾儿。"于是乃见孙阿，具语其事。阿不惧当死，而喜得为泰山令，惟恐济言不信也，曰："若如节下言，阿之愿也。不知贤子欲得何职？"济曰："随地下乐者与之。"阿曰："辄当奉教。"乃厚赏之。言讫，遣还。济欲速知其验，从领军门至庙下，十步安一人以传消息。辰时，传阿心痛；巳时，传阿剧；日中，传阿亡。济曰："虽哀吾儿之不幸，且喜亡者有知。"后月余，儿复来，语母曰："已得转为录事矣。"

孤竹君棺

汉令支县有孤竹城，古孤竹君之国也。灵帝光和元年，辽西人见辽水中有浮棺，欲斫破之，棺中人语曰："我是伯夷之弟，孤竹君也。海水坏我棺椁，是以漂流。汝斫我何为？"人惧，不敢斫。因为立庙祠祀。吏民有欲发视者，皆无病而死。

温序死节

温序，字公次，太原祁人也。任护军校尉，行部至陇西，为隗嚣将所劫，欲生降之。序大怒，以节挝杀人。贼趋欲杀序，荀宇止之曰："义士欲死节。"赐剑，令自裁。序受剑，衔须着口中，叹曰："无令须污土。"遂伏剑死。世祖怜之，送葬到洛阳城旁，为筑冢。长子寿，为印平侯，梦序告之曰："久客思乡。"寿即弃官，上书乞骸骨归葬。帝许之。

文颖移棺

汉南阳文颖，字叔良，建安中为甘陵府丞。过界止宿。夜三鼓时，梦见一人跪前曰："昔我先人，葬我于此，水来湍墓，棺木溺，渍水处半，然无以自温。闻君在此，故来相依。欲屈明日暂住须臾，幸为相迁高燥处。"鬼披衣示颖，而皆沾湿。颖心怆然，即寤，语诸左右，曰："梦为虚耳，亦何足怪？"颖乃还眠。向晨复梦见，谓颖曰："我以穷苦告君，奈何不相愍悼乎？"颖梦中问曰："子为谁？"对曰："吾本赵人，今属汪芒氏之神。"颖曰："子棺今何所在？"对曰："近在君帐北十数步，水侧枯杨树下，即是吾也。天将明，不复得见，君必念之。"颖答曰："喏！"忽然便寤。天明，可发。颖曰："虽云梦不足怪，此何太適。"左右曰："亦何惜须臾，不验之耶？"颖即起，率十数人将导顺水上，果得一枯杨，曰："是矣。"掘其下，未几，果得棺。棺甚朽坏，半没水中。颖谓左右曰："向闻于人，谓之虚矣。世俗所传，不可无验。"为移其棺，葬之而去。

鹄奔亭女鬼

汉九江何敞为交趾刺史，行部到苍梧郡高要县，暮宿鹄奔亭。夜犹未半，有一女从楼下出，呼曰："妾姓苏，名娥，字始珠，本居广信县，修里人。早失父母，又无兄弟，嫁与同县施氏，薄命夫死，有杂缯帛百二十疋，及婢一人，名致富。妾孤穷羸弱，不能自振，欲之旁县卖缯。从同县男子王伯赁牛车一乘，直钱万二千，载妾并缯，令致富执辔，乃以前年四月十日到此亭外。于时日已向暮，行人断绝，不敢复进，因即留止。致富暴得腹痛，妾之亭长舍乞浆，取火。亭长龚寿，操戈持戟，来至车旁，问妾曰：‘夫人从何所来？车上所载何物？丈夫安在？何故独行？’妾应曰：‘何劳问之？’寿因持妾臂曰：‘少年爱有色，冀可乐也。’妾惧怖不从，寿即持刀刺胁下，一创立死。又刺致富，亦死。寿掘楼下，合埋，妾在下，婢在上。取财物去，杀牛，烧车，车釭（音gāng，车轮的车毂内外口的铁圈，用以穿轴）及牛骨，贮亭东空井中。妾既冤死，痛感皇天，无所告诉，故来自归于明使君。”敞曰：“今欲发出汝尸，以何为验？”女曰：“妾上下着白衣，青丝履，犹未朽也。愿访乡里，以骸骨归死夫。”掘之，果然。敞乃驰还，遣吏捕捉，拷问，具服。下广信县验问，与娥语合。寿父母兄弟，悉捕系狱。敞表寿：“常律杀人不至族诛。然寿为恶首，隐密数年，王法自所不免。令鬼神诉者，千载无一。请皆斩之，以明鬼神，以助阴诛（冥冥之中受到诛罚）。”上报听之。

曹公船

濡须口有大船，船覆在水中，水小时便出见。长老云：“是曹公（即曹操）船。”尝有渔人夜宿其旁，以船系之，但闻竽笛弦歌之音，又香气非常。渔人始得眠，梦人驱遣云：“勿近官妓。”相传云曹公载妓船覆于此，至今在焉。

苟奴见鬼

夏侯恺，字万仁，因病死。宗人儿苟奴素见鬼。见恺数归，欲取马，并病其妻。着平上帻，单衣，入坐生时西壁大床，就人觅茶饮。

产亡点面

诸仲务一女显姨，嫁为米元宗妻，产亡于家。俗闻，产亡者，以墨点面。其母不忍，仲务密自点之，无人见者。元宗为始新县丞，梦其妻来上床，分明见新白妆面上有黑点。

弓弩射鬼

晋世新蔡王昭平，犊车在厅事上，夜无故自入斋室中，触壁而出。后又数闻呼噪攻击之声四面而来。昭乃聚众设弓弩战斗之备，指声弓弩俱发，而鬼应声（随着声音，形容快速）接矢数枚，皆倒入土中。

杨度遇鬼

吴赤乌三年，句章民杨度至余姚。夜行，有一年少，持琵琶，求寄载。度受之。鼓琵琶数十曲，曲毕，乃吐舌，擘目，以怖度而去。复行二十里许，又见一老父，自云姓王名戒。因复载之。谓曰："鬼工鼓琵琶，甚哀。"戒曰："我亦能鼓。"即是向鬼。复擘眼吐舌，度怖几死。

秦巨伯斗鬼

琅邪秦巨伯，年六十，尝夜行饮酒，道经蓬山庙，忽见其两孙迎之。扶持百余步，便捉伯颈着地，骂：“老奴，汝某日捶我，我今当杀汝。”伯思惟某时信捶此孙。伯乃佯死，乃置伯去。伯归家，欲治两孙。两孙惊惋，叩头言：“为子孙宁可有此？恐是鬼魅，乞更试之。”伯意悟。数日，乃诈醉，行此庙间，复见两孙来扶持伯。伯乃急持，鬼动作不得。达家，乃是两偶人也。伯着火炙之，腹背俱焦坼。出着庭中，夜皆亡去。伯恨不得杀之。后月余，又佯酒醉夜行，怀刃以去，家不知也。极夜不还，其孙恐又为此鬼所困，乃俱往迎伯。伯竟刺杀之。

三鬼醉酒

汉建武元年，东莱人姓池，家常作酒。一日，见三奇客，共持面饭至，索其酒饮，饮竟而去。顷之，有人来云见三鬼酣醉于林中。

钱小小

吴先主杀武卫兵钱小小，形见大街，顾借赁人吴永，使永送书与街南庙。借木马二匹，以酒噀（音xùn，含在口中喷出）之，皆成好马，鞍勒俱全。

宗定伯卖鬼

南阳宗定伯年少时，夜行逢鬼。问之，鬼言：“我是鬼。”鬼问：“汝复谁？”定伯诳之，言：“我亦鬼。”鬼问：“欲至何所？”答曰：“欲至宛市。”鬼言：“我亦欲至宛市。”遂行数里。鬼言：“步行太迟，可共递相担，何如？”定伯曰：“大善。”鬼便先担定伯数里。鬼言：“卿太重，将非鬼也？”定伯言：“我新鬼，故身重耳。”定伯因复担鬼，鬼略无重。如是再三。定伯复言：“我新鬼，不知有何所畏忌？”鬼答言：“惟不喜人唾。”于是共行。道遇水，定伯令鬼先渡，听之，了然无声音。定伯自渡，漕漼（cuǐ，象声词，形容水声）作声。鬼复言：“何以有声？”定伯曰：“新死，不习渡水故耳。勿怪吾也。”行欲至宛市，定伯便担鬼着肩上，急执之。鬼大呼，声咋咋然，索下，不复听之。径至宛市中，下着地，化为一羊，便卖之。恐其变化，唾之。得钱千五百乃去。当时石崇有言：“定伯卖鬼，得钱千五。”

紫玉与韩重

吴王夫差小女名曰紫玉，年十八，才貌俱美。童子韩重，年十九，有道术。女悦之，私交信问，许为之妻。重学于齐、鲁之间，临去，属其父母使求婚。王怒，不与女。玉结气死，葬阊门之外。三年，重归，诘其父母。父母曰：“王大怒，玉结气死，已葬矣。”重哭泣哀恸，具牲币往吊于墓前。玉魂从墓出，见重流涕，谓曰："昔尔行之后，令二亲从王相求，度必克从大愿，不图别后遭命，奈何！"玉乃左顾宛颈而歌曰："南山有乌，北山张罗。乌既高飞，罗将奈何！意欲从君，谗言孔多。悲结生疾，没命黄垆。命之不造，冤如之何！羽族之长，名为凤凰。一日失雄，三年感伤。虽有众鸟，不为匹双。故见鄙姿，逢君辉光。身远心近，何当暂忘？"歌毕，歔欷流涕，要重还冢。重曰："死生异路，惧有尤愆，不敢承命。"玉曰："死生异路，吾亦知之。然今一别，永无后期。子将畏我为鬼而祸子乎？欲诚所奉，宁不相信。"重感其言，送之还冢。玉与之饮醼（音yàn，同"宴"），留三日三夜，尽夫妇之礼。临出，取径寸明珠以送重，曰："既毁其名，又绝其愿，复何言哉！时节自爱。若至吾家，致敬大王。"重既出，遂诣王，自说其事。王大怒曰："吾女既死，而重造讹言，以玷秽亡灵。此不过发冢取物，托以鬼神。"趣收重。重走脱至玉墓所，诉之。玉曰："无忧。今归白王。"王妆梳，忽见玉，惊愕悲喜，问曰："尔缘何生？"玉跪而言曰："昔诸生韩重来求玉，大王不许，玉名毁，义绝，自致身亡。重从远还，闻玉已死，故赍牲币，诣冢吊唁。感其笃终，辄与相见，因以珠遗之。不为发冢，愿勿推治。"夫人闻之，出而抱之，玉如烟然。

驸马都尉

陇西辛道度者，游学至雍州城四五里，比见一大宅，有青衣女子在门。度诣门下求飧。女子入告秦女，女命召入。度趋入阁中，秦女于西榻而坐。度称姓名，叙起居。既毕，命东榻而坐，即治饮馔。食讫，女谓度曰："我秦闵王女，出聘曹国，不幸无夫而亡。亡来已二十三年，独居此宅。今日君来，愿为夫妇。"经三宿三日后，女即自言曰："君是生人，我鬼也。共君宿契，此会可三宵，不可久居，当有祸矣。然兹信宿，未悉绸缪（形容缠绵不解的男女恋情），既已分飞，将何表信于郎？"即命取床后盒子开之，取金枕一枚，与度为信。乃分袂泣别，即遣青衣送出门外。未逾数步，不见舍宇，惟有一冢。度当时荒忙出走，视其金枕在怀，乃无异变。寻至秦国，以枕于市货之。恰遇秦妃东游，亲见度卖金枕，疑而索看，诘度何处得来？度具以告。妃闻，悲泣不能自胜。然尚疑耳，乃遣人发冢启柩视之，原葬悉在，唯不见枕。解体看之，交情宛若。秦妃始信之。叹曰："我女大圣，死经二十三年，犹能与生人交往。此是我真女婿也。"遂封度为驸马都尉，赐金帛车马，令还本国。因此以来，后人名女婿为驸马。今之国婿，亦为驸马矣。

谈生妻鬼

汉谈生者，年四十，无妇，常感激读《诗经》。夜半，有女子，年可十五六，姿颜服饰天下无双，来就生，为夫妇。乃言曰："我与人不同，勿以火照我也。三年之后，方可照耳。"与为夫妇，生一儿，已二岁，不能忍，夜伺其寝后，盗照视之。其腰已上生肉，如人，腰已下，但有枯骨。妇觉，遂言曰："君负我。我垂生矣，何不能忍一岁，而竟相照也？"生辞谢。涕泣不可复止，云："与君虽大义永离，然顾念我儿，若贫不能自偕活者，暂随我去，方遗君物。"生随之去，入华堂，室宇器物不凡。以一珠袍与之，曰："可以自给。"裂取生衣裾留之而去。后生持袍诣市，睢阳王家买之，得钱千万。王识之曰："是我女袍，那得在市？此必发冢。"乃取拷之。生具以实对，王犹不信，乃视女冢，冢完如故。发视之，棺盖下果得衣裾。呼其儿视，正类王女。王乃信之。即召谈生，复赐遗之，以为女婿。表其儿为郎中。

卢充幽婚

卢充者，范阳人。家西三十里，有崔少府墓。充年二十，先冬至一日，出宅西猎戏。见一獐，举弓而射，中之，獐倒，复起。充因逐之，不觉远。忽见道北一里许，高门瓦屋，四周有如府舍，不复见獐。门中一铃下唱："客前。"充问："此何府也？"答曰："少府府也。"充曰："我衣恶，那得见少府？"即有一人提一襆（音fú，用以包裹衣物等的被单、巾帕）新衣，曰："府君以此遗郎。"充便着讫，进见少府，展姓名。酒炙数行，谓充曰："尊府君不以仆门鄙陋，近得书，为君索小女婚，故相迎耳。"便以书示充。充父亡时虽小，然已识父手迹，即欷歔，无复辞免。便敕内："卢郎已来，可令女郎妆严。"且语充云："君可就东廊。"及至黄昏，内白："女郎妆严已毕。"充既至东廊，女已下车，立席头，却共拜。时为三日给食。三日毕，崔谓充曰："君可归矣。女有娠相，若生男，当以相还，无相疑。生女，当留自养。"敕外严车送客。充便辞出。崔送至中门，执手涕零。出门，见一犊车，驾青牛。又见本所着衣及弓箭，故在门外。寻传教将一人提襆衣与充，相问曰："姻缘始尔，别甚怅恨。今复致衣一袭，被褥自副。"充上车，去如电逝，须臾至家。家人相见悲喜。推问，知崔是亡人，而入其墓。追以懊惋。

别后四年，三月三日，充临水戏，忽见水旁有二犊车，乍沉乍浮。既而近岸，同坐皆见。而充往开车后户，见崔氏女与三岁男共载。充见之忻然，欲捉其手，女举手指后车曰："府君见人。"即见少府。充往问讯。女抱儿还充，又与金鋺（同"碗"），并赠诗曰："煌煌灵芝质，光丽何猗猗。华艳当时显，嘉异表神奇。含英未及秀，中夏罹霜萎。荣耀长幽灭，世路永无施。不悟阴阳运，哲人忽来仪。会浅离别速，皆由灵与祇。何以赠余亲，金鋺可颐儿。恩爱从此别，断肠伤肝脾。"充取儿、鋺及诗，忽然不见二车处。充将儿还，四坐谓是鬼魅，佥遥唾之，形如故。问儿："谁是汝父？"儿径就充怀。众初怪恶，传省其诗，慨然叹死生之玄通也。充后乘车入市卖鋺，高举其价，不欲速售，冀有识。欻有一老婢识此，还白大家曰："市中见一人，乘车，卖崔氏女郎棺中鋺。"大家，即崔氏亲姨母也，遣儿视之，果如其婢言。上车，叙姓名。语充曰："昔我姨嫁少府，生女，未出而亡。家亲痛之，赠一金鋺，着棺中。可说得鋺本末。"充以事对。此儿亦为之悲咽，赍还白母。母即令诣充家，迎儿视之。诸亲悉集。儿有崔氏之状，又复似充貌。儿、鋺俱验。姨母曰："我外甥三月末间产。父曰：'春，暖温也。愿休强也。'即字温休。温休者，盖幽婚也，其兆先彰矣。”儿遂成令器，历郡守二千石，子孙冠盖相承。至今，其后植，字子干，有名天下。

西门亭鬼魅

后汉时，汝南汝阳西门亭有鬼魅，宾客止宿，辄有死亡。其厉厌者，皆亡发失精。寻问其故，云：“先时颇已有怪物。其后，郡侍奉掾宜禄郑奇来，去亭六七里，有一端正妇人乞寄载。奇初难之，然后上车。入亭，趋至楼下。亭卒白：‘楼不可上。’奇云：‘吾不恐也。’时亦昏冥，遂上楼，与妇人栖宿。未明，发去。亭卒上楼扫除，见一死妇，大惊，走白亭长。亭长击鼓，会诸庐吏共集诊之，乃亭西北八里吴氏妇。新亡，夜临殡火灭，及火至，失之。其家即持去。奇发行数里，腹痛，到南顿利阳亭加剧，物故。楼遂无敢复上。”

钟繇

颍川钟繇，字元常，尝数月不朝会，意性异常。或问其故，云：“常有好妇来，美丽非凡。”问者曰：“必是鬼物，可杀之。”妇人后往，不即前，止户外。繇问：“何以？”曰：“公有相杀意。”繇曰：“无此。”勤勤呼之，乃入。繇意恨，有不忍之，然犹斫之，伤髀（音bì，指股部，大腿）。妇人即出，以新绵拭，血竟路。明日，使人寻迹之，至一大冢。木中有好妇人，形体如生人，着白练衫，丹绣裲裆。伤左髀，以裲裆中绵拭血。

卷十七

鬼扮张汉直

陈国张汉直到南阳从京兆尹延叔坚学《左氏传》。行后数月，鬼物持其妹，为之扬言曰："我病死，丧在陌上，常苦饥寒。操二三量不借挂屋后楮（音chǔ，树木名）上，傅子方送我五百钱，在北墉下，皆亡取之。又买李幼一头牛，本券在书箧（音qiè，小箱子，藏物之具）中。"往索取之，悉如其言。妇尚不知有此，妹新从婿家来，非其所及。家人哀伤，益以为审。父母诸弟衰绖（音cuī dié，穿丧服）到来迎丧，去舍数里，遇汉直与诸生十余人相追。汉直顾见家人，怪其如此。家见汉直，谓其鬼也。怅惘良久。汉直乃前为父拜，说其本末，且悲且喜。凡所闻见，若此非一，得知妖物之为。

贞节先生范丹

汉陈留外黄范丹，字史云。少为尉从佐使（县尉属下的佐吏）檄谒督邮。丹有志节，自恚为厮役小吏，乃于陈留大泽中杀所乘马，捐弃官帻，诈逢劫者。有神下其家曰："我史云也。为劫人所杀。疾取我衣于陈留大泽中。"家取得一帻。丹遂之南郡，转入三辅，从英贤游学，十三年乃归，家人不复识焉。陈留人高其志行，及没，号曰贞节先生。

费季居楚

吴人费季，久客于楚。时道多劫，妻常忧之。季与同辈旅宿庐山下，各相问出家几时。季曰：“吾去家已数年矣。临来，与妻别，就求金钗以行，欲观其志当与吾否耳。得钗，乃以着户楣上。临发，失与道，此钗故当在户上也。”尔夕，其妻梦季曰：“吾行遇盗，死已二年。若不信吾言，吾行时，取汝钗，遂不以行，留在户楣上，可往取之。”妻觉，揣钗，得之，家遂发丧。后一年余，季乃归还。

鬼扮虞定国

余姚虞定国，有好仪容。同县苏氏女，亦有美色。定国常见，悦之。后见定国来，主人留宿，中夜，告苏公曰：“贤女令色，意甚钦之。此夕能令暂出否？”主人以其乡里贵人，便令女出从之。往来渐数，语苏公云：“无以相报。若有官事，某为君任之。”主人喜。自尔后，有役召事，往造定国。定国大惊曰：“都未尝面命，何由便尔？此必有异。”具说之。定国曰：“仆宁肯请人之父而淫人之女。若复见来，便当斫之。”后果得怪。

朱诞给使射鸣蝉

吴孙皓世，淮南内史朱诞，字永长，为建安太守。诞给使（供役使的人）妻有鬼病，其夫疑之为奸。后出行，密穿壁隙窥之，正见妻在机中织，遥瞻桑树上，向之言笑。给使仰视树上，有一年少人，可十四五，衣青衿袖，青幧头（古代男子束发的头巾，幧音qiāo）。给使以为信人也，张弩射之，化为鸣蝉，其大如箕，翔然飞去。妻亦应声惊曰："噫！人射汝。"给使怪其故。后久时，给使见二小儿在陌上共语。曰："何以不复见汝？"其一即树上小儿也，答曰："前不遇为人所射，病疮积时。"彼儿曰："今何如？"曰："赖朱府君梁上膏以傅之，得愈。"给使白诞曰："人盗君膏药，颇知之否？"诞曰："吾膏久致梁上，人安得盗之？"给使曰："不然。府君视之。"诞殊不信，试为视之，封题如故。诞曰："小人故妄言，膏自如故。"给使曰："试开之。"则膏去半。为掊（音póu，以手、爪或工具扒物或掘土）刮，见有趾迹。诞因大惊，乃详问之。具道本末。

倪彦思家狸怪

吴时，嘉兴倪彦思居县西埏里。忽见鬼魅入其家，与人语，饮食如人，惟不见形。彦思奴婢有窃骂大家者，云："今当以语。"彦思治之，无敢詈之者。彦思有小妻，魅从求之，彦思乃迎道士逐之。酒殽既设，魅乃取厕中草粪，布着其上。道士便盛击鼓，召请诸神。魅乃取伏虎（即虎子，状似蹲兽的尿器），于神座上吹作角声音。有顷，道士忽觉背上冷，惊起解衣，乃伏虎也。于是道士罢去。彦思夜于被中窃与妪语，共患此魅。魅即屋梁上谓彦思曰：

“汝与妇道吾，吾今当截汝屋梁。”即隆隆有声。彦思惧梁断，取火照视，魅即灭火。截梁声愈急。彦思惧屋坏，大小悉遣出，更取火，视梁如故。魅大笑，问彦思：“复道吾否？”郡中典农闻之，曰：“此神正当是狸物耳。”魅即往谓典农曰：“汝取官若干百斛谷，藏着某处。为吏污秽，而敢论吾！今当白于官，将人取汝所盗谷。”典农大怖而谢之。自后无敢道者。三年后去，不知所在。

顿丘魅物

魏黄初中，顿丘界有人骑马夜行，见道中有一物，大如兔，两眼如镜，跳跃马前，令不得前。人遂惊惧，堕马。魅便就地捉之。惊怖，暴死，良久得苏。苏，已失魅，不知所在。乃更上马，前行数里，逢一人，相问讯已，因说：“向者事变如此，今相得为伴，甚欢。”人曰：“我独行，得君为伴，快不可言。君马行疾，且前，我在后相随也。”遂共行。语曰：“向者物何如，乃令君怖惧耶？”对曰：“其身如兔，两眼如镜，形甚可恶。”伴曰：“试顾视我耶。”人顾视之，犹复是也。魅便跳上马，人遂坠地，怖死。家人怪马独归，即行推索，乃于道边得之。宿昔（过了一夜）乃苏，说状如是。

度朔君

袁绍字本初，在冀州。有神出河东，号度朔君，百姓共为立庙。庙有主簿，大福。陈留蔡庸为清河太守，过谒庙。有子名道，亡已三十年。度朔君为庸设酒，曰："贵子昔来，欲相见。"须臾子来。度朔君自云父祖昔作兖州。有一士姓苏，母病，往祷。主簿云："君逢天士留待。"闻西北有鼓声，而君至。须臾，一客来，着皂角单衣，头上五色毛，长数寸。去后，复一人，着白布单衣，高冠，冠似鱼头，谓君曰："昔临庐山，共食白李，忆之未久，已三千岁。日月易得，使人怅然。"去后，君谓士曰："先来，南海君也。"士是书生，君明通五经，善《礼记》，与士论礼，士不如也。士乞救母病。君曰："卿所居东有故桥，坏久之，此桥乡人所行，卿母犯之。卿能复桥，便差（音chài，瘥愈，病除）。"

曹公讨袁谭（袁绍之子），使人从庙换千疋绢，君不与。曹公遣张郃（三国时名将，初从袁绍，后归曹操，封都乡侯）毁庙。未至百里，君遣兵数万，方道而来。郃未达二里，云雾绕郃军，不知庙处。君语主簿："曹公气盛，宜避之。"后苏并邻家有神下，识君声，云："昔移入胡，阔绝三年。"乃遣人与曹公相闻："欲修故庙，地衰不中居，欲寄住。"公曰："甚善。"治城北楼以居之。数日，曹公猎得物，大如麑（音ní，幼鹿），大足，色白如雪，毛软滑可爱。公以摩面，莫能名也。夜闻楼上哭云："小儿出行不还。"公拊掌曰："此物合衰也。"晨将数百犬，绕楼下，犬得气，冲突内外。见有物大如驴，自投楼下，犬杀之，庙神乃绝。

筋竹长人

临川陈臣家大富。永初元年，臣在斋中坐，其宅内有一町（音tǐng，古代地积单位名）筋竹，白日忽见一人，长丈余，面如方相，从竹中出，径语陈臣："我在家多年，汝不知。今辞汝去，当令汝知之。"去一月许日，家大失火，奴婢顿死。一年中，便大贫。

釜中白头公

东莱有一家姓陈，家百余口。朝炊，釜不沸。举甑看之，忽有一白头公从釜中出。便诣师卜。卜云："此大怪，应灭门。便归，大作械。械成，使置门壁下，坚闭门在内。有马骑麾盖来扣门者，慎勿应。"乃归，合手伐得百余械，置门屋下。果有人至，呼，不应。主帅大怒，令缘门入。从人窥门内，见大小械百余，出门还说如此。帅大惶惋，语左右云："教速来，不速来，遂无一人当去，何以解罪也？从此北行可八十里，有一百三口，取以当之。"后十日，此家死亡都尽。此家亦姓陈云。

服留鸟

晋惠帝永康元年，京师得异鸟，莫能名。赵王伦（即司马伦，司马懿的第九子，封为赵王）使人持出，周旋城邑匝以问人。即日，宫西有一小儿见之，遂自言曰：“服留鸟。”持者还白伦。伦使更求，又见之，乃将入宫。密笼鸟，并闭小儿于户中。明日往视，悉不复见。

南康甘子

南康郡南东望山，有三人入山，见山顶有果树。众果毕植，行列整齐如人行。甘子（即柑子，柑树的果实）正熟。三人共食致饱，乃怀二枚，欲出示人。闻空中语云：“催（赶快）放双甘，乃听汝去。”

秦瞻

秦瞻居曲阿彭皇野，忽有物如蛇，突入其脑中。蛇来，先闻臭气，便于鼻中入，盘其头中，觉哄哄，仅闻其脑间食声咂咂（象声词。吮吸时发出的声音）。数日而出去，寻复来。取手巾缚鼻口，亦被入。积年无他病，唯患头重。

卷十八

饭臿怪

魏景初中，咸阳县吏王臣家有怪，无故闻拍手相呼。伺，无所见。其母夜作，倦，就枕寝息。有顷，复闻灶下有呼声曰：“文约，何以不来？”头下枕应曰：“我见枕，不能往。汝可来就我饮。”至明，乃饭臿（音chā，盛饭用的一种工具）也。即聚烧之，其怪遂绝。

何文除宅妖

魏郡张奋者，家本巨富，忽衰老，财散，遂卖宅与程应。应入居，举家病疾，转卖邻人何文。文先独持大刀，暮入北堂中梁上。至三更竟，忽有一人长丈余，高冠，黄衣，升堂呼曰：“细腰！”细腰应喏。曰：“舍中何以有生人气也？”答曰：“无之。”便去。须臾，有一高冠青衣者，次之，又有高冠白衣者，问答并如前。及将曙，文乃下堂中，如向法呼之，问曰：“黄衣者为谁？”曰：“金也。在堂西壁下。”“青衣者为谁？”曰：“钱也。在堂前井边五步。”“白衣者为谁？”曰：“银也。在墙东北角柱下。”“汝复为谁？”曰：“我，杵也。今在灶下。”及晓，文按次掘之，得金银五百斤，钱千万贯。仍取杵焚之。由此大富，宅遂清宁。

秦公斗树神

秦时，武都故道有怒特祠，祠上生梓树。秦文公二十七年，使人伐之，辄有大风雨，树创随合，经日不断。文公乃益发卒，持斧者至四十人，犹不断。士疲，还息。其一人伤足，不能行，卧树下，闻鬼语树神曰："劳乎攻战？"其一人曰："何足为劳。"又曰："秦公将必不休，如之何？"答曰："秦公其如予何？"又曰："秦若使三百人被发，以朱丝绕树，赭衣，灰坌（音bèn，灰尘飞扬）伐汝，汝得不困耶？"神寂无言。明日，病人语所闻。公于是令人皆衣赭，随斫创，坌以灰。树断，中有一青牛出，走入丰水中。其后，青牛出丰水中，使骑击之，不胜。有骑堕地，复上，髻解，被发，牛畏之，乃入水，不敢出。故秦自是置旄头骑（古代皇帝仪仗中一种担任先驱的骑兵）。

树神黄祖

庐江龙舒县陆亭流水边，有一大树，高数十丈，常有黄鸟数千枚巢其上。时久旱，长老共相谓曰："彼树常有黄气，或有神灵，可以祈雨。"因以酒脯往。亭中有寡妇李宪者，夜起，室中忽见一妇人，着绣衣，自称曰："我，树神黄祖也，能兴云雨。以汝性洁，佐汝为生。朝来父老皆欲祈雨，吾已求之于帝，明日日中大雨。"至期果雨。遂为立祠。神谓宪曰："诸卿在此，吾居近水，当致少鲤鱼。"言讫，有鲤鱼数十头飞集堂下，坐者莫不惊悚。如此岁余，神曰：“将有大兵，今辞汝去。”留一玉环，曰：“持此可以避难。”后刘表（汉室宗亲，任荆州牧，故又称为“刘荆州”，为汉末群雄之一）、袁术相攻，龙舒之民皆徙去，唯宪里不被兵。

张辽除树怪

魏桂阳太守江夏张辽，字叔高，去鄢陵，家居买田。田中有大树，十余围，枝叶扶疏，盖地数亩，不生谷。遣客伐之，斧数下，有赤汁六七斗出。客惊怖，归白叔高。叔高大怒曰：“树老汁赤，如何得怪！”因自严行复斫之，血大流洒。叔高使先斫其枝，上有一空处，见白头公，可长四五尺，突出，往赴叔高。高以刀逆格之。如此凡杀四五头，并死。左右皆惊怖伏地，叔高神虑怡然如旧。徐熟视，非人，非兽。遂伐其木。此所谓木石之怪夔魍魉（音 wǎng liǎng，古代传说中的山川精怪，鬼怪）者乎？是岁应司空辟侍御史、兖州刺史。以二千石（指代郡守）之尊过乡里，荐祝祖考，白日绣衣（即衣锦昼行。旧时比喻有了功名富贵后夸耀乡里）荣羡，竟无他怪。

陆敬叔烹彭侯

吴先主时，陆敬叔为建安太守。使人伐大樟树，不数斧，忽有血出。树断，有物，人面狗身，从树中出。敬叔曰：“此名彭侯。”乃烹食之，其味如狗。《白泽图》（一部记载山川草木精怪之状貌以及避忌、劾制之术的古书，至宋代已亡佚）曰："木之精名彭侯，状如黑狗，无尾，可烹食之。"

船自飞下水

吴时有梓树巨围，叶广丈余，垂柯数亩。吴王伐树作船，使童男女三十人牵挽之。船自飞下水，男女皆溺死。至今潭中时有唱唤督进之音（劳动号子）也。

董仲舒戏老狸

董仲舒（西汉早期儒学思想家）下帷讲诵，有客来诣，舒知其非常。客又云："欲雨。"舒戏之曰："巢居知风，穴居知雨。卿非狐狸，则是鼷鼠（鼠类最小的一种，鼷音xī）。"客遂化为老狸。

张华擒狐魅

张华字茂先，晋惠帝时为司空。于时燕昭王墓前有一斑狐，积年，能为变幻。乃变作一书生，欲诣张公。过问墓前华表曰："以我才貌，可得见张司空否？"华表曰："子之妙解，无为不可。但张公智度，恐难笼络。出必遇辱，殆不得返。非但丧子千岁之质，亦当深误老表。"狐不从，乃持刺谒华。华见其总角（指代儿童少年）风流，洁白如玉，举动容止，顾盼生姿，雅重之。

于是论及文章，辨校声实，华未尝闻。比复商略三史（魏晋南北朝以《史记》《汉书》《东观汉记》为三史），探赜（探求，赜音zé）百家，谈老、庄之奥区，披《风》《雅》之绝旨，包十圣，贯三才（指天、地、人），箴八儒，擿（音zhāi，指责）五礼，华无不应声屈滞。乃叹曰："天下岂有此年少！若非鬼魅则是狐狸。"乃扫榻延留，留人防护。此生乃曰："明公当尊贤容众，嘉善而矜不能。奈何憎人学问？墨子兼爱，其若是耶？"言卒，便求退。华已使人防门，不得出。既而又谓华曰："公门置甲兵栏骑，当是致疑于仆也。将恐天下之人卷舌而不言，智谋之士望门而不进。深为明公惜之。"华不应，而使人防御甚严。时丰城令雷焕，字孔章，博物士也，来访华。华以书生白之。孔章曰："若疑之，何不呼猎犬试之？"乃命犬以试，竟无惮色。狐曰："我天生才智，反以为妖，以犬试我，遮莫千试万虑，其能为患乎？"华闻，益怒，曰："此必真妖也。闻魑魅忌狗，所别者数百年物耳，千年老精，不能复别。惟得千年枯木照之，则形立见。"孔章曰："千年神木，何由可得？"华曰："世传燕昭王墓前华表木已经千年。"乃遣人伐华表。使人欲至木所，忽空中有一青衣小儿来，问使曰："君何来也？"使曰："张司空有一年少来谒，多才巧辞，疑是妖魅。使我取华表照之。"青衣曰："老狐不智，不听我言，今日祸已及我，其可逃乎？"乃发声而泣，倏然不见。使乃伐其木，血流。便将木归，燃之以照书生，乃一斑狐。华曰："此二物不值我，千年不可复得。"乃烹之。

吴兴老狸

晋时，吴兴一人有二男，田中作时，尝见父来骂詈（骂，斥骂。多用作书面语，詈音lì）赶打之。儿以告母，母问其父，父大惊，知是鬼魅，便令儿斫之。鬼便寂不复往。父忧恐儿为鬼所困，便自往看。儿谓是鬼，便杀而埋之。鬼便遂归，作其父形，且语其家，二儿已杀妖矣。儿暮归，共相庆贺，积年不觉。后有一法师过其家，语二儿云："君尊侯有大邪气。"儿以白父，父大怒。儿出以语师，令速去。师遂作声入，父即成大老狸，入床下，遂擒杀之。向所杀者，乃真父也。改殡治服。一儿遂自杀，一儿忿懊，亦死。

句容狸婢

句容县麋村民黄审于田中耕，有一妇人过其田，自塍（音chéng，田埂）上度，从东适下而复还。审初谓是人，日日如此，意甚怪之。审因问曰："妇数从何来也？"妇人少住，但笑而不言，便去。审愈疑之。预以长镰伺其还，未敢斫妇，但斫所随婢。妇化为狸走去。视婢，乃狸尾耳。审追之，不及。后人有见此狸出坑头，掘之，无复尾焉。

刘伯祖与狸神

博陵刘伯祖为河东太守，所止承尘（指藻井，天花板）上有神，能语，常呼伯祖与语。及京师诏书诰下消息，辄预告伯祖。伯祖问其所食啖，欲得羊肝。乃买羊肝，于前切之，脔随刀不见。尽两羊肝，忽有一老狸，眇眇（音miǎo，模糊不清。眇，眼睛小，目盲）在案前。持刀者欲举刀斫之，伯祖呵止。自着承尘上，须臾大笑曰："向者啖羊肝，醉忽失形，与府君相见，大惭愧。"后伯祖当为司隶（官名），神复先语伯祖曰："某月某日，诏书当到。"至期，如言。及入司隶府，神随遂在承尘上，辄言省内事。伯祖大恐怖，谓神曰："今职在刺举，若左右贵人闻神在此，因以相害。"神答曰："诚如府君所虑。当相舍去。"遂即无声。

山魅阿紫

后汉建安中，沛国郡陈羡为西海都尉。其部曲（古代军队编制单位）王灵孝无故逃去，羡欲杀之。居无何，孝复逃走。羡久不见，囚其妇，妇以实对。羡曰："是必魅将去，当求之。"因将步骑数十，领猎犬，周旋于城外求索，果见孝于空冢中。闻人犬声，怪遂避去。羡使人扶孝以归，其形颇象狐矣，略不复与人相应，但啼呼"阿紫"。阿紫，狐字也。后十余日，乃稍稍了悟。云："狐始来时，于屋曲角鸡栖间，作好妇形，自称阿紫，招我。如此非一。忽然便随去，即为妻，暮辄与共还其家，遇狗不觉。"云乐无比也。道士云："此山魅也。"《名山记》曰："狐者，先古之淫妇也，其名曰阿紫，化而为狐，故其怪多自称阿紫。"

宋大贤杀狐

南阳西郊有一亭，人不可止，止则有祸。邑人宋大贤以正道自处，尝宿亭楼，夜坐鼓琴，不设兵仗。至夜半时，忽有鬼来登梯，与大贤语，盯目（瞪眼，盯音chēng）磋齿，形貌可恶。大贤鼓琴如故。鬼乃去，于市中取死人头来，还语大贤曰："宁可少睡耶？"因以死人头投大贤前。大贤曰："甚佳！吾暮卧无枕，正欲得此。"鬼复去，良久乃还，曰："宁可共手搏耶？"大贤曰："善。"语未竟，鬼在前，大贤便逆捉其腰。鬼但急言死，大贤遂杀之。明日视之，乃老狐也。自是亭舍更无妖怪。

郅伯夷击魅

北部督邮（官名）西平（郡名）郅伯夷，年三十许，大有才决，长沙太守郅君章孙也。日晡（即申时，即下午三点至五点，晡音bū）时，到亭，敕前导入且止。录事掾（官名，指掌管文书记事的佐史）白："今尚早，可至前亭。"曰："欲作文书。"便留，吏卒惶怖，言当解（禳除，向鬼神祈祷消灾）去。传云："督邮欲于楼上观望，亟扫除。"须臾，便上。未暝，楼镫（音dēng，也称锭、烛盘。古代照明用具）阶下复有火。敕云："我思道，不可见火，灭去。”吏知必有变，当用赴照，但藏置壶中。日既暝，整服坐，诵《六甲》(书名。讲述道家的遁甲之术)《孝经》《易》本讫，卧。有顷，更转东首，以帑巾结两足，帻冠之，密拔剑解带。夜时，有正黑者四五尺，稍高，走至柱屋，因覆伯夷。伯夷持被掩之，足跣脱，几失，再三，以剑带击魅脚，呼下火上，照视之，老狐，正赤，略无衣毛。持下烧杀。明旦，发楼屋，得所髡（音 kūn，剃去毛发）人髻百余。因此遂绝。

狐博士讲书

吴中有一书生，皓首，称胡博士，教授诸生。忽复不见。九月初九日，士人相与登山游观，闻讲书声，命仆寻之。见空冢中群狐罗列，见人即走。老狐独不去，乃是皓首书生。

谢鲲捉鹿怪

陈郡谢鲲谢病去职，避地（指迁地以避灾祸。也指避世隐居）于豫章。尝行经空亭中，夜宿。此亭旧每杀人。夜四更，有一黄衣人呼鲲字云：“幼舆，可开户。”鲲澹然（镇定的样子）无惧色，令申（通“伸”）臂于窗中。于是授腕。鲲即极力而牵之，其臂遂脱，乃还去。明日看，乃鹿臂也。寻血取获。尔后此亭无复妖怪。

猪臂金铃

晋有一士人姓王，家在吴郡。还至曲阿（古县名），日暮，引船上当大埭（音dài，堵水的土坝）。见埭上有一女子，年十七八，便呼之，留宿。至晓，解金铃系其臂，使人随至家，都无女人。因逼猪栏中，见母猪臂有金铃。

高山君

汉齐人梁文好道，其家有神祠，建室三四间，座上施皂（音zào，黑色）帐，常在其中，积十数年。后因祀事，帐中忽有人语，自呼“高山君”。大能饮食，治病有验，文奉事甚肃。积数年，得进其帐中。神醉，文乃乞得奉见颜色。谓文曰：“授手来。”文纳手，得捋（音luō，顺摸）其颐，髯须甚长。文渐绕手，卒然引之，而闻作羊声。座中惊起，助文引之，乃袁公路（即袁术，字公路，袁绍的弟弟）家羊也。失之七八年，不知所在。杀之，乃绝。

田琰杀狗魅

北平田琰居母丧，恒处庐。向一期，夜忽入妇室。密怪之，曰：“君在毁灭之地，幸可不甘。”琰不听而合。后琰暂入，不与妇语。妇怪无言，并以前事责之。琰知鬼魅。临暮竟未眠，衰服

（衰服，衰音cuī）挂户。须臾，见一白狗，攫衔衰服，因变为人，着而入。琰随后逐之，见犬将升妇床，便打杀之。妇羞愧而死。

沽酒家老狗

司空南阳来季德（即来艳，东汉灵帝时由太常任司空）停丧在殡，忽然见形坐祭床（摆设祭品的几案）上，颜色服饰声气，熟是也。孙儿妇女，以次教戒，事有条贯（条理）。鞭朴奴婢，皆得其过。饮食既绝，辞诀而去。家人大小，哀割断绝。如是数年，家益厌苦。其后饮酒过多，醉而形露，但得老狗，便共打杀。因推问之，则里中沽酒家狗也。

黑帻白衣吏

山阳王瑚，字孟琏，为东海兰陵尉。夜半时，辄有黑帻白单衣吏诣县叩阁（官署名。此处指县府）。迎之，则忽然不见。如是数年。后伺之，见一老狗，黑头白躯犹故，至阁，便为人。以白孟琏，杀之乃绝。

李叔坚见怪不怪

桂阳太守李叔坚为从事，家有犬，人行。家人言："当杀之。"叔坚曰："犬马喻君子。犬见人行，效之，何伤？"顷之，狗戴叔坚冠走。家大惊。叔坚云："误触冠缨挂之耳。"狗又于灶前畜火（生火，畜音xù），家益怔营（惶恐不安）。叔坚复云："儿婢皆在田中，狗助畜火，幸可不烦邻里。此有何恶？"数日，狗自暴死，卒无纤芥（细微）之异。

苍獭化妇

吴郡无锡有上湖大陂（音bēi，池塘湖泊），陂吏丁初，天每大雨，辄循堤防。春盛雨，初出行塘，日暮回，顾有一妇人，上下青衣，戴青伞，追后呼："初掾（音yuàn，官府中佐助官吏的通称）待我。"初时怅然，意欲留俟之，复疑本不见此，今忽有妇人冒阴雨行，恐必鬼物。初便疾走，顾视妇人，追之亦急。初因急行，走之转远，顾视妇人，乃自投陂中，泛然作声，衣盖飞散。视之，是大苍獭，衣伞皆荷叶也。此獭化为人形，数媚年少者也。

王周南克鼠怪

魏齐王芳（魏明帝曹叡的养子曹芳。明帝无子，死后由8岁的曹芳即位，由司马懿与大将军曹爽辅政。254年，曹芳被司马懿之子司马师所废，共在位16年）正始（魏齐王曹芳的年号，指240—249年4月）中，中山王周南为襄邑（古县名）长。忽有鼠从穴出，在厅事上语曰："王周南！尔以某月某日当死。"周南急往，不应。鼠还穴。后至期，复出，更冠帻皂衣而语曰："周南！尔日中当死。”亦不应。鼠复入穴。须臾复出，出，复入，转行，数语如前。日适中，鼠复曰：“周南！尔不应死，我复何道！”言讫，颠蹶而死，即失衣冠所在。就视之，与常鼠无异。

安阳亭三怪

安阳（**古县名，今属陕西汉阴**）城南有一亭，夜不可宿，宿辄杀人。书生明术数，乃过宿之。亭民曰：“此不可宿。前后宿此，未有活者。”书生曰：“无苦也，吾自能谐。”遂住廨舍（**指官府营建的房舍，廨音xiè**）。乃端坐诵书，良久乃休。夜半后，有一人，着皂单衣，来往户外，呼亭主。亭主应诺。“见亭中有人耶？”答曰：“向者有一书生在此读书，适休，似未寝。”乃喑嗟（**低声叹息**）而去。须臾，复有一人，冠赤帻者，呼亭主。问答如前，复喑嗟而去。既去，寂然。书生知无来者，即起，诣向者呼处，效呼亭主。亭主亦应诺。复云：“亭中有人耶？”亭主答如前。乃问曰：“向黑衣来者谁？”曰：“北舍母猪也。”又曰：“冠赤帻来者谁？”曰：“西舍老雄鸡父也。”曰：“汝复谁耶？”曰：“我是老蝎也。”于是书生密便诵书至明，不敢寐。天明，亭民来视，惊曰：“君何得独活？”书生曰：“促索剑来，吾与卿取魅。”乃握剑至昨夜应处，果得老蝎，大如琵琶，毒长数尺。西舍得老雄鸡父，北舍得老母猪。凡杀三物，亭毒遂静，永无灾横。

汤应斫二怪

吴时，庐陵郡都亭重屋中常有鬼魅，宿者辄死。自后使官，莫敢入亭止宿。时丹阳人汤应者，大有胆武，使至庐陵，便止亭宿。吏启不可，应不听。迸从者还外，唯持一大刀，独处亭中。至三更竟，忽闻有叩阁者，应遥问："是谁？"答云："部郡（官名，"部郡国从事史"的省称）相闻。"应使进，致词而去。顷间，复有叩阁者如前，曰："府君（汉代对郡相、太守的尊称）相闻。"应复使进，身着皂衣。去后，应谓是人，了无疑也。旋又有叩阁者，云："部郡、府君相诣。"应乃疑曰："此夜非时，又部郡、府君不应同行。"知是鬼魅，因持刀迎之。见二人皆盛衣服，俱进。坐毕，府君者便与应谈。谈未竟，而部郡忽起至应背后，应乃回顾，以刀逆击，中之。府君下坐走出，应急追，至亭后墙下及之，斫伤数下，应乃还卧。达曙，将人往寻，见有血迹，皆得之。云称府君者，是一老狶（音xī，猪）也；部郡者，是一老狸也。自是遂绝。

卷十九

李寄斩蛇

东越闽中有庸岭，高数十里，其西北隙中有大蛇，长七八丈，大十余围，土俗常病。东冶都尉（官名，辅佐郡守并掌全郡的军事）及属城长吏，多有死者。祭以牛羊，故不得福。或与人梦，或下谕巫祝，欲得啖童女年十二三者。都尉令长并共患之。然气厉不息，共请求人家生婢子，兼有罪家女养之。至八月朝祭，送蛇穴口，蛇出吞啮之。累年如此，已用九女。尔时预复募索，未得其女。将乐（古县名，三国吴置）县李诞家有六女，无男，其小女名寄，应募欲行，父母不听。寄曰："父母无相。惟生六女，无有一男，虽有如无。女无缇萦（人名，汉代孝女，缇音tí）济父母之功，既不能供养，徒费衣食，生无所益，不如早死。卖寄之身，可得少钱，以供父母，岂不善耶！"父母慈怜，终不听去。寄自潜行，不可禁止。寄乃告请好剑及咋蛇犬。至八月朝，便诣庙中坐，怀剑，将犬，先将数石米餈（音cí，用糯米煮饭或用糯米粉、黍米粉制成的糕饼），用蜜麨（炒熟的米粉或麦粉和以蜜糖的食品，麨音chǎo）灌之，以置穴口。蛇便出，头大如囷（音qūn，圆形谷仓），目如二尺镜，闻餈香气，先啖食之。寄便放犬，犬就啮咋，寄从后斫得数创。疮痛急，蛇因踊出，至庭而死。寄入视穴，得其九女髑髅（头骨，髑音dú），悉举出，咤言曰："汝曹怯弱，为蛇所食，甚可哀愍。"于是寄女缓步而归。越王闻之，聘寄女为后，拜其父为将乐令，母及姊皆有赏赐。自是东冶无复妖邪之物。其歌谣至今存焉。

司徒府大蛇

晋武帝咸宁中，魏舒为司徒。府中有二大蛇，长十许丈，居厅事平橑（音lǎo，屋椽）上。止之数年，而人不知，但怪府中数失小儿，及鸡犬之属。后有一蛇夜出，经柱侧伤于刃，病不能登，于是觉之。发徒数百，攻击移时，然后杀之。视所居，骨骼盈宇之间。于是毁府舍更立之。

张宽斗蛇翁

汉武帝时张宽为扬州刺史。先是，有二老翁争山地，诣州讼疆界，连年不决。宽视事（就职治事），复来。宽窥二翁形状非人，令卒持杖戟将入，问："汝等何精？"翁走，宽呵格之，化为二蛇。

张福遇鼍妇

荥阳人张福船行还野水边。夜有一女子，容色甚美，自乘小船来投福，云："日暮畏虎，不敢夜行。"福曰："汝何姓？作此轻行。无笠，雨驶，可入船就避雨。"因共相调，遂入就福船寝，以所乘小舟系福船边。三更许，雨晴，月照，福视妇人，乃是一大鼍枕臂而卧。福惊起，欲执之，遽走入水。向小舟，是一枯槎（chá，树的杈枝）段，长丈余。

谢非除庙妖

丹阳道士谢非，往石城买冶釜（铁锅）。还，日暮不及至家。山中庙舍于溪水上，入中宿。大声语曰："吾是天帝使者，停此宿。"犹畏人劫夺其釜，意苦搔搔不安。二更中，有来至庙门者，呼曰："何铜。"铜应喏。曰："庙中有人气，是谁？"铜云："有人，言是天帝使者。"少顷便还。须臾又有来者，呼铜，问之如前，铜答如故，复叹息而去。非惊扰不得眠，遂起，呼铜问之："先来者谁？"答言："是水边穴中白鼍。""汝是何等物？"答言："是庙北岩嵌中龟也。"非皆阴识之。天明，便告居人，言："此庙中无神。但是龟鼍之辈，徒费酒食祀之。急具锸来，共往伐之。"诸人亦颇疑之。于是并会伐掘，皆杀之。遂坏庙，绝祀。自后安静。

孔子论五酉

孔子厄于陈，弦歌于馆。中夜，有一人长九尺余，着皂衣，高冠，大吒，声动左右。子贡进问："何人耶？"便提子贡而挟之。子路引出，与战于庭。有顷，未胜。孔子察之，见其甲车间（铠甲和腮间）时时开如掌。孔子曰："何不探其甲车，引而奋登？"子路引之，没手仆于地，乃是大鳀鱼（即鲇鱼，鳀音tí）也，长九尺余。孔子曰："此物也，何为来哉？吾闻物老，则群精依之，因衰而至。此其来也，岂以吾遇厄绝粮，从者病乎？夫六畜之物，及龟、蛇、鱼、鳖、草、木之属，久者神皆凭依，能为妖怪，故谓之五酉。五酉者，五行之方，皆有其物。酉者，老也，物老则为怪，杀之则已，夫何患焉？或者天之未丧斯文，以是系予之命乎？不然，何为至于斯也？”弦歌不辍。子路烹之，其味滋，病者兴。明日，遂行。

鼠妇迎丧

豫章有一家，婢在灶下，忽有人长数寸，来灶间壁，婢误以履践之，杀一人。须臾，遂有数百人，着衰麻服，持棺迎丧，凶仪皆备。出东门，入园中覆船下。就视之，皆是鼠妇（虫名。古称伊威，又名鼠负潮虫）。婢作汤灌杀，遂绝。

狄希千日酒

狄希，中山人也，能造千日酒，饮之千日醉。时有州人，姓刘，名玄石，好饮酒，往求之。希曰：“我酒发来未定，不敢饮君。”石曰：“纵未熟，且与一杯，得否？”希闻此语，不免饮之。复索，曰：“美哉！可更与之。”希曰：“且归。别日当来。只此一杯，可眠千日也。”

石别，似有怍色（羞愧的神色，怍音zuò）。至家，醉死。家人不之疑，哭而葬之。经三年，希曰：“玄石必应酒醒，宜往问之。”既往石家，语曰：“石在家否？”家人皆怪之，曰：“玄石亡来，服以阕矣。”希惊曰：“酒之美矣，而致醉眠千日，今合醒矣。”乃命其家人凿冢，破棺看之。冢上汗气彻天。遂命发冢，方见开目，张口，引声而言曰：“快哉，醉我也！”因问希曰：“尔作何物也，令我一杯大醉，今日方醒？日高几许？”墓上人皆笑之。被石酒气冲入鼻中，亦各醉卧三月。

陈仲举相命

陈仲举（又名陈蕃，字仲举，东汉人，官至太傅。《后汉书》有传）微时，常宿黄申家。申妇方产，有扣申门者，家人咸不知。久久方闻屋里有人言：“宾堂（接待宾客的堂屋）下有人，不可进。”扣门者相告曰：“今当从后门往。”其人便往。有顷，还。留者问之：“是何等？名为何？当与几岁？”往者曰：“男也，名为奴，当与十五岁。”“后应以何死？”答曰：“应以兵死。”仲举告其家曰：“吾能相。此儿当以兵死。”父母惊之，寸刃不使得执也。至年十五，有置凿于梁上者，其末出，奴以为木也，自下钩之，凿从梁落，陷脑而死。后仲举为豫章（古郡名。郡治在今江西）太守，故遣吏往饷之申家，并问奴所在。其家以此具告。仲举闻之，叹曰：“此谓命也。”

卷二十

病龙求医

晋魏郡亢阳（旱灾），农夫祷于龙洞，得雨，将祭谢之。孙登（晋代的隐士）见曰：“此病龙雨，安能苏禾稼乎？如弗信，请嗅之。”水果腥秽。龙时背生大疽，闻登言，变为一翁，求治，曰：“疾痊，当有报。”不数日，果大雨。见大石中裂开一井，其水湛然。龙盖穿此井以报也。

苏易助虎产

苏易者，庐陵妇人，善看产。夜忽为虎所取，行六七里，至大圹（音kuàng，墓穴）。厝（音cuò，放置）易置地，蹲而守。见有牝虎当产，不得解，匍匐欲死，辄仰视。易怪之，乃为探出之，有三子。生毕，牝虎负易还。再三送野肉于门内。

玄鹤衔珠

哙参（人名，因至孝闻名）养母至孝。曾有玄鹤（黑鹤）为弋人（射鸟的人）所射，穷而归参。参收养，疗治其疮，愈而放之。后鹤夜到门外，参执烛视之，见鹤雌雄双至，各衔明珠以报参焉。

黄鸟报恩

汉时弘农杨宝，年九岁时，至华阴山（指华山）北，见一黄雀为鸱枭所搏，坠于树下，为蝼蚁所困。宝见，愍之，取归，置巾箱（古时放置头巾的小箱子）中，食以黄花。百余日，毛羽成，朝去，暮还。一夕三更，宝读书未卧，有黄衣童子，向宝再拜曰："我西王母使者，使蓬莱，不慎为鸱枭所搏。君仁爱见拯，实感盛德。"乃以白环四枚与宝，曰："令君子孙洁白，位登三事，当如此环。"

隋侯珠

隋县溠水（水名，溠音zhā）侧，有断蛇丘。隋侯（西周时所封诸侯国隋国的国君）出行，见大蛇被伤，中断。疑其灵异，使人以药封之，蛇乃能走。因号其处断蛇丘。岁余，蛇衔明珠以报之。珠盈径寸，纯白，而夜有光明，如月之照，可以烛室。故谓之"隋侯珠"，亦曰"灵蛇珠"，又曰"明月珠"。

龟报孔愉

孔愉字敬康，会稽山阴人。元帝时以讨华轶（字颜夏，晋永嘉中任江州刺史。后不服晋元帝命令，被讨伐斩首）功封侯。愉少时尝经行余不亭（古地名，今属浙江），见笼龟于路者。愉买之，放于余不溪（东苕溪的下游）中。龟中流左顾者数过。及后，以功封余不亭侯。铸印，而龟钮左顾，三铸如初。印工以闻，愉乃悟其为龟之报，遂取佩焉。累迁尚书左仆射，赠车骑将军。

古巢老姥

古巢一日江水暴涨，寻复故道。港有巨鱼，重万斤，三日乃死。合郡皆食之，一老姥（音mǔ，老妇的通称）独不食。忽有老叟曰："此吾子也，不幸罹此祸。汝独不食，吾厚报汝。若东门石龟目赤，城当陷。"姥日往视。有稚子讶之，姥以实告。稚子欺之，以朱傅龟目。姥见，急出城。有青衣童子曰："吾龙之子。"乃引姥登山，而城陷为湖。

蚁王报恩

吴富阳县（古县名，今属浙江）董昭之，尝乘船过钱塘江，中央，见有一蚁，着一短芦，走一头回，复向一头，甚惶遽。昭之曰："此畏死也。"欲取着船。船中人骂："此是毒螫物，不可长。我当蹹（音tà，同"踏"）杀之。"昭意甚怜此蚁，因以绳系芦着船。船至岸，蚁得出。其夜梦一人，乌衣，从百许人来谢云："仆是蚁中之王。不慎堕江，惭君济活。若有急难，当见告语。"历十余年，时所在劫盗，昭之被横录为劫主，系狱余杭。昭之忽思蚁王梦，缓急当告，今何处告之？结念之际，同被禁者问之，昭之具以实告。其人曰："但取两三蚁着掌中，语之。"昭之如其言。夜果梦乌衣人云："可急投余杭山中。天下既乱，赦令不久也。"于是便觉，蚁啮械已尽，因得出狱。过江，投余杭山。旋遇赦，得免。

义犬救主

孙权时李信纯，襄阳纪南（即郢都，春秋战国时楚国的国都）人也。家养一狗，字曰黑龙，爱之尤甚，行坐相随，饮馔之间，皆分与食。忽一日，于城外饮酒大醉，归家不及，卧于草中。遇太守郑瑕出猎，见田草深，遣人纵火爇（音ruò，烧，焚烧）之。信纯卧处，恰当顺风。犬见火来，乃以口拽纯衣，纯亦不动。卧处比有一溪，相去三五十步。犬即奔往，入水湿身，走来卧处。周回以身洒之，获免主人大难。犬运水困乏，致毙于侧。俄尔信纯醒来，见犬已死，遍身毛湿，甚讶其事。睹火踪迹，因尔恸哭。闻于太守。太守悯之曰："犬之报恩，甚于人。人不知恩，岂如犬乎？"即命具棺椁衣衾葬之。今纪南有义犬冢，高十余丈。

快犬救主

太兴中（晋元帝司马睿的第二个年号，318—321年），吴民华隆养一快犬，号的尾，常将自随。隆后至江边伐荻（多年生草本植物，生长在水边），为大蛇盘绕，犬奋咋蛇。蛇死，隆僵仆无知。犬彷徨涕泣，走还舟，复反草中。徒伴怪之，随往，见隆闷绝，将归家。犬为不食，比隆复苏，始食。隆愈爱惜，同于亲戚。

蝼蛄神

庐陵太守太原庞企，字子及。自言其远祖不知几何世也，坐事系狱，而非其罪，不堪拷掠，自诬服之。及狱将上，有蝼蛄（昆虫名，生活在泥土中，昼伏夜出）虫行其左右，乃谓之曰："使尔有神，能活我死，不当善乎。"因投饭与之。蝼蛄食饭尽，去，顷复来，形体稍大。意每异之，乃复与食。如此去来，至数十日间，其大如豚。及竟报，当行刑，蝼蛄夜掘壁根为大孔，乃破械，从之出。去久，时遇赦，得活。于是庞氏世世常以四节祠祀之于都衢（音qú，大路）处。后世稍怠，不能复特为馔，乃投祭祀之余以祀之，至今犹然。

猿母哀子

临川东兴有人入山，得猿子，便将归，猿母自后逐至家。此人缚猿子于庭中树上以示之。其母便搏颊向人，若乞哀状，直是口不能言耳。此人既不能放，竟击杀之。猿母悲唤，自掷而死。此人破肠视之，寸寸断裂。未半年，其家疫死，灭门。

虞荡猎麈

冯乘虞荡夜猎，见一大麈（音zhǔ，亦名驼鹿，俗称四不像），射之。麈便云："虞荡，汝射杀我耶。"明晨，得一麈而入，实时荡死。

华亭大蛇

吴郡海盐县北乡亭里有士人陈甲，本下邳人。晋元帝时，寓居华亭（古地名，今属上海），猎于东野大薮。欻见大蛇，长六七丈，形如百斛船，玄黄五色，卧冈下。陈即射杀之，不敢说。三年，与乡人共猎，至故见蛇处，语同行曰："昔在此杀大蛇。"其夜梦见一人，乌衣，黑帻，来至其家，问曰："我昔昏醉，汝无状杀我。我昔醉，不识汝面，故三年不相知。今日来就死。"其人即惊觉。明日，腹痛而卒。

邛都老姥

邛都县（古县名，今属四川）下有一老姥，家贫，孤独，每食，辄有小蛇，头上戴角，在床间，姥怜而饴之食。后稍长大，遂长丈余。令有骏马，蛇遂吸杀之。令因大忿恨，责姥出蛇。姥云在床下。令即掘地，愈深愈大，而无所见。令又迁怒，杀姥。蛇乃感人以灵言，瞋（通"嗔"，责怪）令："何杀我母？当为母报仇。”此后每夜辄闻若雷若风，四十许日。百姓相见，咸惊语：“汝头那忽戴鱼？”是夜，方四十里与城一时俱陷为湖。土人谓之为“陷湖”。唯姥宅无恙，至今犹存。渔人采捕，必依止宿。每有风浪，辄居宅侧，恬静无他。风静水清，犹见城郭楼橹畟然（清晰的样子，畟音cè）。今水浅时，彼土人没水，取得旧木，坚贞光黑如漆。今好事人以为枕，相赠。

建业妇人

建业（都城名，今属江苏）有妇人，背生一瘤，大如数斗囊，中有物如茧栗（常用来形容牛角初生的样子），甚众，行即有声。恒乞于市。自言：“村妇也。常与姊姒（音sì，古代妯娌间，以兄妻为姒，弟妻为娣）辈分养蚕，已独频年损耗。因窃其姒一囊茧焚之。顷之，背患此疮，渐成此瘤，以衣覆之，即气闭闷，常露之，乃可。而重如负囊。”

雾，能引起落叶，不宜使用。

11. 霸螨灵(杀螨王)

①性能与特点　霸螨灵是一种新型苯氧基吡唑类杀螨剂，对人、畜毒性中等，对鱼、虾水等生生物有毒。对害螨具强烈的速效性和持效性，主要是触杀作用，可防治多种害螨，并能有效地防治已产生抗性的害螨，对幼螨、若螨及成螨都有较好的防治效果。温度高低不影响药效，春、夏、秋季都可使用。对蜜蜂、蜘蛛及寄生蜂等无不良影响，对植物安全。可与多种杀虫、杀菌剂混用，但不能与石硫合剂等强碱性农药混用，与其他药剂无交互抗性。

②剂　型　5%悬浮剂。

③防治对象和使用方法　在螨类发生初期，喷雾防治苹果全爪螨、山楂叶螨用5%悬浮剂2 000～3 000倍液，持效期可达30天以上。防治柑橘叶螨、锈螨以及梨、桃等果树上的瘿螨，可用1 500～2 000倍液。

④注意事项　本品无内吸性，喷药时要均匀周到，不可漏喷。为避免害螨产生抗性，不要连续使用，可与其他作用机理不同的杀螨剂交替使用。悬浮剂使用前要先摇晃药瓶，使之分布均匀后再用。药液不得污染桑园及水面，以免引起蚕及鱼类中毒。安全间隔期14天。

12. 倍乐霸(三唑锡、三唑环锡)

①性能与特点　倍乐霸属广谱有机锡类杀螨剂，对人、畜、蜜蜂低毒，对鱼类高毒，对天敌及植物安全。本品属感温性农药，低温时药效缓慢，高温时效果好。对害螨主要是触杀作用，无内吸传导作用。对幼、若螨及成螨杀伤力强，对夏卵有毒杀作用，但对越冬卵无效。对抗性螨类有较好的效果。

②剂　型　25%可湿性粉剂，20%悬浮剂。

③防治对象和使用方法　防治苹果树山楂叶螨、苹果全爪螨可在开花前后和麦收前后进行喷雾，施用浓度为1 000～2 000倍

液，有效期可达1个月左右。该药剂使用应和波尔多液有一定的间隔期，夏季首先喷倍乐霸，隔7～10天后才可喷波尔多液。

④注意事项　该药剂不能与波尔多液、石硫合剂混用。药液不得污染水面。收获前21天停用。

13. 灭扫利(甲氰菊酯)

①性能与特点　灭扫利是一种虫、螨兼治的拟除虫菊酯类杀虫、杀螨剂。对害虫有较强的触杀和胃毒作用，无内吸和熏蒸作用，但渗透性强，耐雨水冲刷，残效期为10～15天。杀虫效果好，杀卵差，毒性中等。具有高效、广谱、低残留，对人、畜和植物安全等特点。对鱼类和家蚕高毒，对鸟类低毒，对人的皮肤和眼睛有刺激性。药效不受温度影响，杀伤天敌严重，除不能与波尔多液等碱性农药混用外，可与大多数杀虫、杀菌剂混用。

②剂　型　20%乳油。

③防治对象和使用方法　用20%灭扫利乳油2500～3000倍液喷雾，可防治桃蛀果蛾、梨小食心虫、棉褐带卷蛾、潜叶蛾、绣线菊蚜、苹果瘤蚜、桃蚜、梨蚜、梨木虱和梨叶斑蛾等害虫，并可兼治各种叶螨。

④注意事项　该药无内吸性，喷药时要均匀周到。不要当作专用杀螨剂使用，采果前14天停用，避免在鱼塘、蜂场和桑园施药。

14. 杀灭菊酯(氰戊菊酯、速灭杀丁)

①性能与特点　杀灭菊酯属拟除虫菊酯类杀虫剂，对害虫主要有触杀和胃毒作用，无内吸和熏蒸作用，但有一定的驱避作用。毒性中等，对蚕、蜜蜂、鱼类和天敌毒性大。对害虫击倒力强，使其运动神经失调，痉挛、麻痹而死亡。该药的药效有负温度效应，即低温下使用比高温效果好，可与多种有机磷和氨基甲酸酯类农药混用，并有增效作用。

②剂　型　20%乳油。

③防治对象和使用方法　杀灭菊酯杀虫谱比较广，可防治包括桃树在内的果树上的鳞翅目害虫。对双翅目、半翅目、直翅目害虫也有较好的效果，但不杀螨，对部分介壳虫的效果亦不好。用20%杀灭菊酯2 500～3 000倍液喷雾，可防治桃蛀果蛾、梨小食心虫、蚜虫、卷叶蛾、刺蛾、叶蝉、潜叶蛾、梨木虱和椿象等果树害虫。

④注意事项　不能与碱性农药混用，以免降低药效。该药主要是触杀作用，喷药要均匀周到。果园内的害虫和害螨同时发生时，应配合杀螨剂使用，避免连续使用，防止害虫产生抗性。要避免药剂对鱼塘、桑园和养蜂场所的污染。

附录二 桃园禁止使用的农药

1. **无机砷杀虫剂** 砷酸钙，砷酸铅。

2. **有机砷杀菌剂** 甲基胂酸锌，甲基胂酸铁铵（田安），福美甲胂，福美胂。

3. **有机锡杀菌剂** 薯瘟锡（三苯基醋酸锡），三苯基氯化锡和毒菌锡。

4. **有机汞杀菌剂** 氯化乙基汞（西力生），醋酸苯汞（塞力散）。

5. **氟制剂** 甘氟，氟化钙，氟化钠，氟乙酸钠，氟乙酰胺，氟铝酸钠，氟硅酸钠。

6. **有机氯杀虫剂** 滴滴涕，六六六，林丹，艾氏剂，狄氏剂。

7. **有机氯杀螨剂** 三氯杀螨醇。

8. **卤代烷类熏蒸杀虫剂** 二溴乙烷，二溴氯丙烷。

9. **有机磷杀虫剂** 甲拌磷，乙拌磷，久效磷，对硫磷（1605），甲基对硫磷，甲胺磷，甲基硫磷，治螟磷，氧化乐果，特丁硫磷，治螟磷，内吸磷，磷胺。

10. **有机磷杀菌剂** 稻瘟净，导稻瘟净（导嗅米），灭线磷，硫环磷，蝇毒磷，地虫硫磷，氯唑磷，苯线磷。

11. **氨基甲酸酯杀虫剂** 呋喃丹，涕灭威，灭多威。

12. **二甲基甲脒类杀虫杀螨剂** 杀虫脒。

13. **取代苯类杀虫杀螨剂** 五氯硝基苯，稻瘟醇（五氯苯甲醇）。

14. **二苯醚类除草剂** 除草醚，草枯醚。